ODES
HEROIQUES

ET
MORALES,

Tirées d'un Recueil de Poéfies,

intitulé:

Les Mufes Palatines,

PAR

M. LE CHEVALIER DE CAUX,
Homme de Lettres, au Service de
S. A. S. E. P.

Ut pictura poefis erit . . .

MANHEIM,
De l'Imprimerie Académique,
MDDLXVIII.

A

S. A. S. E. P.
CHARLES-THÉODORE,

POUR

LUI PRÉSENTER L'ODE SUIVANTE

EN 1760.

———————

Grand Prince, en vivant fous ta loi,
J'ai dû pour tes regards effayer cette image,
Comme un tribut, comme un homage,
Dont l'eclat n'appartient qu'a toi.
Quand Frederic * vainqueur vient ainfi de fa gloire
Embellir mon brillant fujet,
De mes chants tu deviens l'objet,
Sur toi rejaillit la victoire,

A 2

Et le fang Palatin dans ce noble projet
Fait de tous fes grands noms revivre la mémoire.
    Le trait peut paraître imprudent,
    Mais ma Lyre en fon zèle ardent
    A voulu devancer l'Hiftoire.
D'autres que moi traçant tes illuftres deftins
D'eloquentes couleurs peindront ta gloire entiére,
Dans l'immortalité des faftes Palatins: *
    A la beauté de la matiére
    Répondront leurs pinceaux divins;
    Peintres heureux, grands Ecrivains,
Ces Aigles du Soleil foutiendront la lumiére.
    Je borne mes faibles crayons
Aux premiers traits qu'en toi chacun peut reconnaître,
Et de tout le faifceau, raffemblé dans mon Maître,
    Je peins feulement les rayons,
    Que fa bonté nous fait paraître.
Pour ceux de fa grandeur, qu'il nous laiffe entrevoir,
    Mon cœur s'enflame & les admire;
    C'eft un bonheur, c'eft un devoir,
    Mais mon pinceau n'y peut fuffire.

* C'eft ce qu'a fait depuis l'Academie Electorale Palatine dans tous fes Ouvrages tant Allemands que Latins & Français.

ODE

SUR

LA VICTOIRE REMPORTÉE

PAR

S. A. S. LE PRINCE FREDERIC
DE DEUX-PONTS, COMMANDANT
EN CHEF L'ARMÉE IMPÉRIALE
EN 1760.

Descens de la voute immortelle,
Muse, qui régnes dans les Cieux;
Prens ta guirlande la plus belle,
Pour honorer un fils des Dieux;
Des cent voix de la Renommée,
Aux triomphes accoutumée,
Fais partir les fons éclatans;
Viens annoncer une victoire,
Qu'inscrira la main de l'Histoire
Aux Fastes éternels des Tems.

Dis comme en frémiffant la Terre
Avoit vû des Rois conquérans
Dans l'Europe allumer la guerre,
Pour ne combattre qu'en Tyrans:

D'embrafemens & de carnage
La Saxe déplorable image
N'offroit qu'un théatre d'horreurs,
Et par les flames dévorée
Sur fes débris Dresde éplorée
Réclamoit contre les fureurs.

Humanité , que je révère,
Ton héros ne t'ecoutoit plus;
O ! Sageffe , ta voix févère
Pouffoit des accens fuperflus!
Ivre des vapeurs de Bellone,
Salomon *, defcendu du trône,
Enfanglantoit fes triftes mains,
Faifant craindre l'ardent génie
D'un Alexandre en fa manie,
Qui perfécute les humains.

Mais toujours le Ciel équitable
Contre les fléaux deftructeurs
Sufcita le bras redoutable
Des plus vaillans Libérateurs ;
Les Dieux au défaut du tonnerre
Font naître pour venger la Terre
Des Conquérans dignes du jour;
Quand l'Hydre ofe élever fes têtes,
Hercule tient fes armes prêtes,
Pour les abattre fans retour.

* En 1750. M. de Voltaire , qui fe connoît en Rois , appelloit le
Roi de Pruffe le *Salomon du Nord* ; nom qu'il méritoit fi bien par la
fageffe & par l'éclat de fon Régne,

Quel eſt donc le nouvel Alcide,
De qui le ſecourable fer
Frappe encor ce monſtre homicide,
Conçu dans les flancs de l'Enfer?
Du Dieu Mars on croit voir l'audace,
Quand pour emporter une Place
Vole ſa belliqueuſe ardeur;
Aux combats la Vertu le mène;
Il a comme le fils d'Alcmène
D'un héros l'air & la grandeur. *

C'eſt Frederic que la Victoire,
Sur le char brillant des Guerriers,
Conduit au Temple de Mémoire,
En le couronnant de lauriers:
Le ſang Palatin dans ſon ame
Faiſant couler ſa noble flame
Anima ce bras généreux,
Par qui la Foudre de l'Empire,
Dont le Cercle avec lui conſpire,
Délivre un Peuple malheureux.

C'étoit peu que Dresde allarmée
Vit evanouir les fureurs
D'un Roi qui l'avoit conſumée
Par d'impitoyables horreurs;
Il falloit qu'un effort ſuprème,
Pour l'honneur de l'Empire même

A 4

* Le Prince Frederic a la taille & le port des Demi - Dieux
de la Fable; en le voyant on croit voir les héros d'Homère.

La vengeât des feux dévorans,
Et que les coups de fon tonnerre,
Donnant un exemplc à la Terre,
Retombaffent fur les Tyrans.

Une Armée encor formidable,
Fier foutien des Perfécuteurs,
Gardoit un Pofte infurmontable,
D'ou partoient lès feux deftruceurs:
De ce Camp, rempart de l'audace,
Frederic la voit qui menace
Dans fes cruels emportemens . .
Ah ! dit - il, lavons cet outrage,
Et pour achever leur naufrage,
Forçons de vains Retranchemens.

A ces mots, promt à fe réfoudre,
L'Empire qui fous lui combat
Marche & s'avance avec la foudre,
Dont Hilfen * preffentoit l'eclat;
Déja fur les coupables têtes
Stolberg fait tonner les tempêtes
Des bronzes les plus redoutés;
Frederic preffant le carnage
Affermit les pas du courage,
Par des chemins enfanglantés.

---

* Général des Pruffiens, à la tête de 20. mille hommes, dans un Pofte avantageux, près de Dresde. L'attaqne fut confiée au Prince de Stolberg, qui s'y porta avec la plus grande valeur: elle commença par des Piéces do Campagne, dès la pointe du jour.

Tout cède, tombe, fe renverfe,
Devant le Héros en fureur,
Et l'Ennemi qui fe difperfe
A Torgau porte fa terreur:
L'Aurore pour eux foudroyante
Avoit vû l'attaque effrayante
Ouvrir la barriére du jour,
Et le Soleil dans fa carrière,
A peine élevant fa lumiére
Les voit difparaître à fon tour.

Tel autrefois dans fa vengeance
Un Frederic du même fang
Rompoit la noire intelligence
Des fiers Ennemis de fon rang;
Le fer en main, leur faifant tète,
Partout il portoit la tempête
Dans leurs Bataillons renverfés,
Et pour monumens de fa gloire
Montroit les Champs de la Victoire
Par leurs cadavres engraiffés. *

France, voilà le jufte homage,
Que pour la Fête de ton Roi
Prépare ce Héros, l'image
De la valeur & de la foi:

A 5

* Frederic I. dit le Victorieux, Electeur Palatin, défit l'Armée des
Princes Voifins Confédérés, dans les plaines de Ladebourg, & fit élever un Monument, qui fubfifte encore, fur le Champ de Bataille.

C'eft le noble encens qu'il deftine
Aux Dieux de la Cour Palatine,
Pour qui fon culte eft éternel;
Quel coup triomphant pour ton zèle,
Cher Prince, admirable modèle
De l'amour tendre & fraternel! *

Dans la nuit la plus ténébreufe
Le Ciel a plongé l'avenir;
Lui feul pendant la guerre affreufe
Voit l'inftant qui doit la finir:
Mais la Victoire éclaircit l'ombre,
Et fouléve le voile fombre,
Dont Bellone couvre la Paix;
De ce Soleil qui doit éclore
L'œil n'apperçoit la faible Aurore
Qu'a travers un nuage épais.

C'eft toi, d'une augufte Puiffance
Le bras & l'invincible appui,
Daun, qui rempliras la vengeance,
Que le tems améne avec lui:
Annibal au gré de Carthage
Croyoit remporter l'avantage
Sur la conftance des Romains;
Fabius paraît qui l'arrête
Et fait au fort de fa conquête
Tomber les palmes de fes mains.

* S. A. S. le Duc Regnant de Deux-Ponts, qu'on fait aimer fi tendrement le Héros fon frére. Cette action fe paffa le 20. Août 1760. Ce fut une efpéce de Bouquet pour le Roi de France, dont la Fête arrive le 25. & de Triomphe pour cette Cour, à caufe de Madame la Dauphine, Princeffe de la Maifon de Saxe, outre les raifons d'Alliance entre les Maifons d'Autriche, de Saxe & de France.

Bientôt la Saxe délivrée
Voit difparaître fes Vainqueurs,
Et d'un fol efpoir enivrée
L'Ambition cède aux grands cœurs:
Dans l'Impériale querelle,
Frederic qui s'arma contr'elle
Répare tant d'affreux revers;
Par l'heureufe paix couronnée,
La gloire d'un grand hyménée
Reçoit les vœux de l'Univers. *

Sageffe ineffable & profonde,
Ta main gouverne tous les Drois;
Les Rois font les deftins du Monde,
Les Dieux font les deftins des Rois:
De l'Europe effuyant les larmes,
Le Ciel impofe au bruit des armes
Un filence refpectueux;
Sa voix commande à la tempéte;
Il parle & la mer toujours prête
Calme fes flots tumultueux.

Jufqu'a quand, fombres Politiques,
Vos coups veulent-ils allumer
Le feu des difcordes publiques,
Par qui tout va fe confumer?
Et vous, Humains, pâles victimes
De ces fureurs illégitimes.

---

* Le Mariage de l'Archidus décidé avec l'Infante de Parme.

Que portent les Tyrans divers,
Toujours à vous mêmes contraires,
Ne vivrez vous jamais en fréres,
Qui peuplent ce vaſte Univers?

Mais à quoi ſervent les exemples
Des maux par la guerre enfantés,
Si l'encens fume dans nos Temples,
Pour des triomphes déteſtés?
N'eſt-ce pas aſſez que les Parques
Et des Sujets & des Monarques
De leur ciſeau tranchent les jours?
Faut-il donc, barbares comme elles,
Par nos diſcordes éternelles,
En abréger le triſte cours?

Le champ fatal de notre vie
N'eſt-il pas ſemé de douleurs,
Sans la voir encor pourſuivie
Par les plus funeſtes malheurs?
Pourquoi ces flames, ces ravages,
Inconnus aux Peuples ſauvages,
Que porte un Soldat frémiſſant?
Par la raiſon lui qu'on renomme,
L'homme doit-il être ponr l'homme
L'image d'un Loup raviſſant? *

Jugez vous, Fléaux de la Terre,
Qui pour dévaſter les Etats,

---

* *Homo homini lupus;* c'eſt une terrible vérité, de quelque ma-
niére qu'on la prenne.

Uſurpant les droits du tonnerre,
Suivez le Démon des combats;
Juſtifiez l'horreur barbare,
Qui dévoue un Peuple au Tartare,
En immolant tout ſans pitié;
Dites ſur quel titre on ſe fonde
A prendre une moitié du monde,
Pour détruire l'autre moitié.

Les Vivans dans votre carriere
Tombent partout ſous vos efforts;
Par votre fureur meurtriére,
Voulez vous regner ſur les Morts?
Semblable au Tyran du Cocite,
Qui dans ſa Région maudite
Accable les Ombres de fers,
Votre vengeance ſur la Terre,
Faiſant marcher l'affreuſe guerre,
Offre le règne des Enfers.

Ah! que les vertus pacifiques
Etalent dans les premiers rangs,
Pour les cœurs vraiment héroïques,
Des ſpectacles bien différens!
Un Roi qui mérite le trône
Eſt dans la paix qui le courone
Tel qu'un Fleuve non dangereux,
Qui deſcend du haut des montagnes,
Pour fertiliſer les Campagnes,
Par ſes débordemens heureux.

Joürs fortunés , tems de délices ,
Beau fiecle d'or , Régne des Dieux ,
Où les vengeances , les fupplices,
Les maux n'effrayoient point les yeux,
Quand reverrons nous votre Empire
Donner à tout ce qui refpire
Ce vrai bonheur tant regretté ,
Lorsque loin de l'horrible güerre
Les Cieux defcendoient fur la Terre ,
Suivis de leur félicité ?

Prince , * ta puiffance divine
De cet Empire plein d'attraits ,
Dans la Région Palatine ,
Dumoins nous conferve des traits :
Sans courir aux champs du carnage ,
Tu fais en Souverain plus fage
Honorer le fupréme rang ;
Toujours ami de la Clémence ,
Sois le Héros de la prudence ,
Qui craint de répandre le Sang.

Voit-on le Père de famille ,
A la tête de fes enfans ,
En les armant d'un fer qui brille ,
Pour frapper des coups triomphans ,
Aller envahir l'héritage ,
Qui d'un autre fut le partage ,

* S. A. S. E. P. Charles-Théodore, à qui l'Auteur adréffoit l'Ode
Vers la fin de 1760. tems auquel la guerre étoit la plus violente.

Et prodigue hélas! de leur fang,
En faire les triftes victimes
De ces combats illègitimes,
Qui déchirent fon propre flanc?

Ainfi, malgré le bruit des armes,
Nous goutons les fruits de la paix;
Ton nom fans porter les allarmes
Annonce partout les bienfaits:
De nos cœurs t'affurant l'homage,
Nous admirons en toi l'image
De ce Roi, l'amour des humains,
Qui par la paix, non par la guerre,
Regnant en Père fur la Terre,
Faifoit le bonheur des Romains. *

---

* Tous les Beaux-Arts florifians, & les Etabliffemens les plus
heureux caractérifent le Regne pacifique de Charles-Théodore, le
véritable Titus du Palatinat, par le bonheur qu'il procure à fes
Peuples : encore a-t-il la gloire de n'être que le Titus Empereur;
le Titus Général détruifoit Jerufalem.

A

S. A. S. E. P.
ELISABETH - AUGUSTE,

POUR

LUI PRÉSENTER L'ODE SUIVANTE
EN 1761.

C'eſt à vous, Princeſſe adorable,
C'eſt à vous, Mère incomparable,
Que j'adreſſe un homage, où parmi les douleurs
Ma Muſe encore toute en pleurs
A l'Empire des Lys, ſur un ton déplorable,
Rappelle en le traçant le plus grand des malheurs,
Mais à l'inſtant lui peint par de vives couleurs
Le bonheur le plus mémorable.
Vous y reconnoîtrez vos nobles ſentimens:
Dans Louis, dans un cœur de père,
Que ce coup fatal deſeſpère,
Vous même admirerez vos tendres mouvemens;
A des tranſports que la nature
Vous offre ici ſans impoſture,
Vous reſſentirez ſes tourmens.
Ah ! c'eſt vous rappeller le ſouvenir funeſte
D'un coup trop redoutable à vos ſens abattus,

Dont

Dont gémirent pour vous les Graces, les Vertus,
  Victimes du couroux céleste:
  Hélas ! cet Enfant précieux,
Ce Prince Electoral, digne ouvrage des Cieux,
Mais l'objet éternel d'une douleur amère,
Vous fit pousser des cris, qu'a jamais on révère,
  Et qui devoient fléchir les Dieux.
Sauvons, sauvons le fils, aux dépens de la mère;
S'il le faut, que je meure en lui donnant le jour,
Disiez vous dans l'excès du maternel amour,
  Dont brille en vous le caractère.
Mais l'inutile effort de ces cris généreux,
En étouffant ma voix, m'impose le silence;
  Puisse un second fils plus heureux
  En être enfin la récompense!

ODE

SUR
LA CONVALESCENCE
DE
Mgr. le DAUPHIN,
PRÉSENTÉE AU ROI,
EN 1752.

Le fils des Rois revit & tout semble renaître;
France, à tes vœux ardens ce miracle étoit dû;
Tes cris redemandoient l'héritier de ton Maître;
  Les Dieux te l'ont rendu.

B

Quel coup ! à fon afpect le jour pâlit encore ;
Ce Prince alloit defcendre en la nuit du tombeau,
Et la Terre voyoit un Aftre qu'elle adore
    Eteindre fon flambeau.

Un voile affreux couvrit la face de la France ;
Sur fes bords confternés fe répandit l'effroi ;
Et l'Empire des Lys, perdant toute efpérance,
    Crut perdre encor fon Roi. *

Falloit - il menacer le fils après le père,
Impitoyable Mort, qui dédaignes les vœux ?
Frapper un de ces cœurs, que la France révére,
    C'eft les frapper tous deux.

Chaque jour redoubloit les frayeurs renaiffantes
D'une Epoufe adorable & d'une Mère en pleurs ;
Phaéton moins chéri de fes fœurs gémiffantes
    Epuifa les douleurs.

Dans les Temples ouverts aux clameurs lamentables
Les Peuples accourus preffoient les Immortels,
Et la France éplorée en ces jours redoutables
    Embraffoit les autels.

Ciel ! s'ecrioit Louis, j'implore ta juftice ;
Ma fille étoit à moi, j'ai rempli mon devoir ;
Mon fils eft à l'Etat & ce grand facrifice
    Surpaffe mon pouvoir. * *

Si la Sœur immolée eft la rançon d'un frère
Trop digne de revoir la lumiére du jour,

* Le Roi penfa mourir à Metz en 1744.
* * Il venoit de perdre Madame Prémiére.

Puiſſans Dieux, épargnez une tête ſi chère,
 L'objet de mon amour.

A votre fer vengeur je m'offre pour victime,
S'il faut le racheter au prix de mon trépas ;
Je ſuis père ; â mon fils que votre bras opprime
 Je ne ſurvivrois pas . .

Deſarmé par les pleurs du ſenſible Monarque,
Le Ciel retint ſon glaive & calma ſon couroux ;
Une voix qui commande au Ciſeau de la Parque
 En ſuſpendit les coups.

Le mourant ſe ranime en ſes cruelles peines ;
Du mal contagieux il ſurmonte l'horreur,
Et le feu dévorant qui couloit dans ſes veines
 Rallentit ſa fureur.

Nos vœux ſont écoutés & la Santé plus belle.
Mère des doux plaiſirs , deſcend du haut des Cieux ;
Elle inſpire en riant une force nouvelle
 Au rejeton des Dieux.

Qu'il vive ! de Louis nous retraçant l'image,
Il doit à l'Univers des Rois & des Vainqueurs ;
Qu'il partage avec lui notre éternel homage,
 Le pur encens des cœurs.

La France en retentit par des chants de victoire ;
Mille feux éclatans illuminent ſes bords ;
Quand la Mort lui rendit ſon Roi couvert de gloire,
 Tels furent ſes tranſports.

Grand Roi, goute un bonheur & fi pur & fi jufte;
Ajoute ce triomphe aux triomphes guerriers;
Le funèbre Cyprès refpecte un fils augufte,
　　　Qu'ombragent tes Lauriers.

Toi, cher Prince, qui fus l'objet de tant d'allarmes,
Et qui par là deviens plus femblable à Louis,
Souviens-toi que le Ciel n'accorda qu'a nos larmes
　　　Les jours dont tu jouis.

Fais les fervir ces jours au bonheur de la France;
La France a mérité d'être heureufe par toi;
Sois comme un tendre fils fa plus douce efpérance,
　　　Qùand ton père eft fon Roi.

Ah! fon amour pour toi fut celui d'une mère;
La pourras-tu jamais payer de fes douleurs?
Cette image à tes yeux doit être toujours chère;
　　　Tu la vis toute en pleurs.

Que vos Rois feroient grands! qu'ils feroient magna-
　　　　　nimes,
Français, par leur retour que vous feriez heureux,
Si tous favoient répondre aux tranfports légitimes,
　　　Que vous fentez pour eux!

Il n'eft point comme vous de Peuple fur la Terre,
Pour porter la vertu jusqu'a ce noble excès,
Et l'amour de fon Roi, dans la paix, dans la guerre,
　　　Eft l'ame du Français.

Pourfuis, aimable Peuple; à ton heureux génie
Abandonne le foin de tes deftins divers;
C'eft l'amour, ce reffort père de l'harmonie,
　　　Qui foutient l'univers.

A

SA MAJESTÉ IMPÉRIALE

MARIE THÉRÉSE,

POUR

Lui présenter l'Ode suivante,

où la Vérité parle;

en 1762.

Au droit de t'admirer mon zèle ose prétendre,
O! toi, l'honneur du sexe & de l'humanité;
 Tu ne crains point la Vérité,
 Et tu mérites de l'entendre:
 Dans ce que l'homme doit apprendre
 Ton Eloge t'est présenté.
Flambeau de la Raison, tu t'eclaires toi-même;
Ton exemple fournit tout ce que doit savoir
 Celui qui monte au rang suprême:
 Rare attribut du diadéme,
 Ton Histoire est dans ton devoir.
Propice également à la Paix, à Bellone,
Tu sais en reconnaître & soutenir les drois;
La voix des Passions ne dicte point tes lois,
Et comme toi Socrate eût porté la Courone;
 Ton Règne est la Leçon des Rois;
 Le Philosophe est sur le Trône.

ODE
A L'HOMME,
SUR
LA VÉRITABLE GRANDEUR.

Superbe Roi de la Nature,
Toi que l'orgueil a détrôné,
Reconnois, humble Créature,
La main qui t'avoit couronné :
Ce Dieu, dont tu portes l'image,
Borna ta grandeur à l'hommage,
Qu'il t'imposa comme un devoir;
L'essor qui t'elève le blesse,
Et tu retombes par faiblesse
Dans l'abîme de son pouvoir. *

Apprens que cet orgueil extréme,
Qui dégrada l'humanité,
Rend ton cœur, Tyran de lui même,
Le jouet de ta vanité;
Que toujours la Raison complice,
Pour multiplier ton supplice,
Se prête à ta coupable ardeur;
Qu'au vent des passions en bute,
Tu n'embrasses depuis ta chute
Qu'un vain fantôme de grandeur.

* L'homme selon l'Ecriture, est un Roi tombé du trône, sa dés-
obéissance à Dieu fit celle de la nature, tout se révolta contre lui.

La barriére s'ouvre ; tu voles
Sous le titre de Conquérant
Et t'immolant aux noms frivoles
Tu cours après celui de Grand :
Entretenant ta douce ivreſſe,
La Fortune qui te careſſe
De ta gloire nous éblouit ;
Mais toujours la grandeur t'echape,
Et malgré l'eclat qui nous frape
Jusqu'en tes bras s'evanouit.

Aux pieds du Tribunal ſévére,
Où préſide la Vérité,
Paroiſſez , Mânes , que révère
L'idolâtre Poſtérité :
Elevant ſa voix immortelle,
C'eſt le menſonge , vous dit-elle,
Qui conſacra votre ſplendeur ;
Dans vos Faſtes brillans que j'ouvre,
Quelle faibleſſe je déconvre,
Sous l'apparence de grandeur !

Quoi! dans ces triomphes rapides,
Où Bellone guidoit vos pas,
Vous portez des cœurs intrépides,
Parmi les horreurs du trépas ?
Non ; dans le cours de vos Conquêtes,
Les Lauriers ombrageant vos têtes

Cachent le péril à vos yeux;
L'Opinion qui vous feconde,
En vous faifant Maîtres du Monde,
Soutient vos cœurs audacieux.

Que loin du théatre, où la guerre
Eclaire tout de fon flambeau,
Ce Roi qui portoit le tonnerre
Approche des bords du tombeau;
L'erreur, dont le bandeau propice
Lui déroboit le précipice,
En laiffe voir toute l'horreur;
L'afpect de la Mort le terraffe,
Et fait fucceder à l'audace
Le defefpoir & la terreur.

Devant ta grandeur, Alexandre,
J'ai vû fe taire l'univers;
Dans le tombeau prêt à defcendre,
Comment foutiens-tu ce revers?
A peine la mort qui t'arrête
Sufpend le glaive fur ta tête,
Tu pâlis fous les coups dn fort;
De tes devins l'art imbécile
Vainement te cherche un afyle,
Contre la crainte de la mort. *

* Qui croiroit qu'Alexandre fit confulter au lit de la mort, tous les devins & devinereffes qui étoient à Babylone? Eft-ce là cet Alexandre qui s'elançant dans une Ville combattoit feul contre une Armée, jufqu'à ce que les fiens vinffent le fecourir?

Le héros qu'irrite un obstacle
Affronte des périls certains,
Et dans la pompe du spectacle
Semble maîtriser les destins;
Sur des mouçeaux de funérailles,
Quand il renverfoit les murailles,
La gloire affermissoit ses pas;
Son ame de fureur saisie
Dans cette heureuse frénésie
N'envisageoit point le trépas.

Tel un torrent, qui des montagnes
Vient fondre à flots tumultueux,
Quand l'orage dans les campagnes
Presse son cours impétueux,
Renverse en frémissant de rage
Les digues qui fur son passage
Osoient défendre les sillons,
Et court s'ensevelir sans gloire,
Par le chemin de la victoire,
Sous l'herbe des humbles vallons.

Homme, de la grandeur solide
Connois mieux l'eclat & le prix;
Ce Roi qui commande en Aulide
Ne mérite que nos mépris:
Qu'il rassemble la Grèce armée;
Que la bruyante renommée

Vante à la Terre fon pouvoir;
L'orgueil dans les combats l'entraîne;
Et la vérité fouveraine
Ne couronne que le devoir.

Cherchons nous le parfait modêle
D'un Roi digne de nos autels?
Louis à fon devoir fidéle
Sera le plus grand des mortels:
Il régnoit, Monarque équitable,
Et fa puiffance redoutable
Chez fes Rivaux porta l'effroi;
Si dans le fort de la tempête
La foudre éclate fur fa tête,
Il meurt comme il vêcut en Roi. *

Oui, c'eft dans le culte adorable,
Source de l'eternel bonheur,
Que l'aîle d'un Dieu fecourable
Nous éleve au fuprème honneur;
Abhorrons la fauffe maxime,
Qui pour déifier le crime
Ofe l'eriger en vertu;
Par un augufte caractère,
De la grandeur que rien n'altère
Le Chrétien feul eft revêtu.

---

* L'auteur défigne ici St. Louis, qui fut peut-être le plus grand de tous les Rois, par la vertu, s'il ne le fus-pas par la Po-litique; il n'eût que trop d'héroïfme avec trop de piété. Rien n'eft plus magnanime que ce Roi, dans le Poëme du fameux Pere le Moine, Jefuite, qui pourtant ne l'a peint que d'après l'Hiftoire: c'eft un homme tout divin, un Roi l'honneur du Chriftianifme, le vrai héros de la Religion. Ses fautes mêmes, parce qu'il eft hom-mes, font des actions de valeur & de piété.

Roi ; c'eſt un Soleil de Juſtice,
Miroir de la divinité,
Et le nuage épais du vice
N'en offusque point la clarté;
D'un feu divin dépoſitaire,
La raiſon , flambeau ſalutaire,
Ne brille que pour l'eclairer;
Jamais ſa lumiére éclatante
N'eſt une vapeur inconſtante,
Qui s'allume pour l'egarer.

Vous, Grands, qu'un encens idolâtre
Accompagne juſqu'au cercueil;
Le Monde eſt pour vous un théatre,
Et votre rôle c'eſt l'orgueil :
Quelle faſtueuſe apparence,
Illuſion de l'ignorance,
Surprend des reſpects ſuperflus !
A travers ces honneurs ſuprémes,
En vous cherchant jusqu'en vous mêmes,
La raiſon ne vous trouve plus.

A ſes regards un perſonage,
Maſqué de la vaine ſplendeur,
Ne mérite point l'appanage
De la véritable grandeur :
Aux yeux d'un ſtupide parterre,
Grand dans la paix, grand dans la guerre,
Pompée à Rome fut un Dieu ;
Céſar vient ; l'Idole de Rome
A Pharſale n'eſt plus qu'un homme,
Que le fer pourſuit en tout lieu.

Le Vainqueur même de Pharfale,
Couvert de lauriers dangereux,
Dans cette gloire qu'il étale
Ne m'offre qu'un coupable heureux :
Le Ciel à·fon ame trompée
Réfervoit le fort de Pompée,
Au·fein de fes propres Etats ;
Il tombe ; à ce revers funefte,
De fa grandeur il ne lui refte
Que le prix de fes attentats.

O ! vous , dont le bras defpotique
Afferviffant Peuples & Rois,
A l'ombre de la Politique,
Du Monde gouverne les droîs ;
Miniftres , la foule importune
Adore à vos pieds la Fortune,
Vous reglez le fort des mortels ;
Qu'un Tyran foupçonneux l'ordonne,
La perfide vous abandonne
Et va renverfer vos autels. *

Rougiffez , Efprits mercénaires,
Qui vendez vos doctes effors
A des héros imaginaires,
Dont vous épuifez les tréfors ;
Chantres d'une injufte victoire,
C'eft à l'abri de leur hiftoire

* Séjan vit abattre dans une nuit toutes fes Statues, fur un fimple foupçon de Tibére : ce fut moins fa difgrace réelle , qui le fit
facrifies , que le bruit qui s'en répandit , parce qu'on la fouhaitoit.
L'Empire avoit deux Tyrans à la fois , le Maître & le Miniftre.

Que votre nom brave l'oubli ;
Vous faites la grandeur d'un autre,
Mais le héros qui fait la vôtre
Tombe avec vous enfeveli.

Toi , dont l'œil perça la nature,
Oracle de l'Antiquité,
Eft-ce un éclat fans impofture
Qui part de ton front refpecté ?
Dans les Cieux ton rare génie,
Volant fur le char d'Uranie,
Avoit éclipfé tes Rivaux ;
Des Cartes paroît & l'Ecole
Frémit de voir brifer l'Idole,
Dont elle adoroit les travaux.

C'eft envain que Rome nous vante
De Caton l'inflexible cœur ; *
Je le vois rempli d'epouvante,
Au feul bruit de Céfar vainqueur :
De quelque titre qu'on le nomme,
Il deshonore le grand homme,
En tournant contre lui fes mains,
Et par faibleffe il fe délivre
Du pénible fardeau de vivre,
Que portérent tant de Romains.

Plus grand fous les coups de l'Envie,
Socrate par un noble effort

* . . . Et cuncta terrarum fubacta
Præter atrocem animum Catonis . .

Fit le plus beau jour de fa vie
Du jour funèbre de fa mort;
Grandeur étrange , où l'œil ftoïque
Admire la pompe héroïque
De fon infenfibilité!
Devant la mort fans réfiftance,
Qu'oppofat - il dans fa conftance?
Une aveugle tranquillité. *

Quelle eft donc la grandeur du Sage,
Digne en effet du premier rang?
Eft - ce un invincible courage,
Qui fe couronne par le fang?
Ah ! c'eft une vertu puiffante,
Ferme , active, compatiffante,
Qui fait le bonheur des Mortels;
Quand un Roi par elle s'honore,
Sur le Trône mon cœur l'adore,
Et l'encenfe fur les Autels.

Qu'une Femme au gré de la Terre,
Comme Augufte chez les Romains,
Fermant les portes de la guerre,
A la paix ouvre les chemins;
En elle j'admire un Monarque,
Dont l'exemple divin nous marque

* Il dit en bon ftoïcien qu'il ne favoit pas fi la mort étoit un mal ou un bien. Socrate mourut comme un héros du ftoïcifme ; mais fon indifférente révolte & fur tout fon facrifice d'un coq. S'il croyoit l'ame immortelle , comme Platon le fuppofe , s'il rejettoit le Poly-théïfme , s'il combattoit la fuperftition, pourquoi donc à fa mort des fentimens & des actions fi contradictoires?

Quelle grandeur doit nous frapper ;
L'ombre du Très-haut l'environne,
Et cet éclat qui la couronne
Ne brille point pour s'echaper.

O! toi, Reine, * qui vers la gloire
T'ouvrant des fentiers peu battus
Au fameux Temple de Mémoire
Voles fur le char des Vertus,
La Vérité te rend homage
Ton cœur fublime en eft l'image
Par la plus héroïque ardeur ;
Regarde un Tableau qui te bleffe,
Et de l'homme plains la faibleffe,
Toi qui n'en as que la grandeur.

---

* L'Impératrice-Reine, à qui l'Ode eſt adreſſée, eſt une de ces Femmes qu'on peut appeller des Héroïnes d'Etat & de Religion : ce que m. de vittaire fait dire par Henri le grand à la fameuſe Eliſabeth, convient admirablement à Marle-Théréſe, pour la gloire du gouvernement, ſans compter celle du Chriſtiauiſme, qui couronne toute forte de grandeur : on pourroit donc lui dire en lui parlant comme l'Auteur . . .
Et l'Europe vous compte au rang des plus grands hommes.

A
S. E.
M. LE BARON DE ZETWITZ
MINISTRE D'ETAT DE S. A. S. E. P.
POUR
LUI PRÉSENTER L'ODE SUIVANTE
EN 1762.

Toi, des Ministres le modèle,
Qui jugeant le cœur & l'esprit
Sur la regle du goût fidèle,
Au poids de la raison fais péser un écrit,
Zetwitz, dans ce tableau, dont je te fais homage,
Tu verras de Paris la triomphante image
Et tes yeux pourront l'admirer :
Tel je peindrois Manheim, auguste Capitale,
Dans la magnificence & l'éclat qu'elle étale,
Sous des Maîtres puissans que tu fais adorer.
Regarde cette Allégorie
D'un superbe Vaisseau, qui charme l'Univers ;
Puisses-tu reconnaître à mille traits divers
Une image de ta Patrie! *
Par ta prudence & ton travail
Tu fais la garantir des dangers du naufrage ;
Sa course heureuse est ton ouvrage ;
Ta main conduit le gouvernail.

Ainsi

* Le Palatinat est devenu comme la Patrie de ce Ministre.

Ainfi vogue la France en fon bonheur extréme,
Lorfque fur l'humide élément
De la paix le Vaiffeau fuit l'heureux mouvement:
En louer lé Pilote eft te louer toi-même
Et c'eft te faire un Compliment
Que peindre allégoriquement
Paris dans fa gloire fupréme.

LE
VAISSEAU,
ODE ALLÉGORIQUE
AUX ARMES DE PARIS.

Quel eft donc ce Vaiffeau, fier Souverain de l'onde,
Qui fous la main des Matelots,
Se promène à fon gré fur la plaine profonde,
Maître des vents, vainqueur des flots!
Les Vertus & les Arts, qu'en fon fein il enfante,
Couronnent à l'envi fa poupe triomphante;
Leur flambeau luit de toutes parts;
Volant au haut des airs, la promte Renommée,
A chanter fes exploits Déeffe accoutuméé,
Fixe fur lui tous les regards.

Il vogue; l'Aquilon dans un jufte filence
Refpecte fon cours glorieux,

C

Et les flots étonnés s'ouvrent fans violence
    Devant fes pas victorieux :
Son pavillon flottant fur les liquides plages
A l'afpect de fa gloire attire des homages,
    Moins grands encor que mérités ;
La main de la prudence a déployé fes voiles ;
Mais fur fes mâts altiers quel vent enfle les toiles ?
    C'eft celui des profpérités. *

Un célefte Génie au gouvernail préfide ;
    Sa voix anime les travaux ;
La manœuvre qui domte un élément perfide
    Offre des fpectacles nouveaux :
Le Nocher par cent mains afferviffant Neptune
Enchaîne fur fes bords la gloire & la fortune
    Par des lois qu'il peut enfeigner ;
A travers les périls, où fon deftin l'exerce,
Aux bouts de l'univers il conduit le Commerce ;
    Sa bouffole eft l'art de regner.

Mais quel fouffle orageux, ** excitant la tempête,
    Interromt fon tranquille cours ?
La Difcorde funefte ofe élever fa tête ;
    Ciel ! prépare lui ton fecours :
C'en eft fait, Dieu puiffant, fi ta main l'abandonne ;
Montre toi ; que ta voix à la juftice ordonne

---

* Après la Paix d'Aix la Chapelle de 1748. fous le Miniftère de
Mr. d'Argenfon , qui comme Miniftre de la guerre avoit fuivi le Roi
dans fes Campagnes , faifant partout triompher la France , avec des
Comtes de Saxe & des Lovendal à la tête de fes Armées.

    *. La guerre préfente , fous le Miniftère du Maréchal de Belle-
Isle.

De ramener la douce paix;
Fais la fur le Vaiſſeau régner en Souveraine,
L'arrachant aux écueils, où la vague l'entraine,
  Parmi des tourbillons épais.

La tempête s'envole ; à la peur de l'orage
  Succéde l'eſpoir le plus doux;
Le Ciel nous menaçoit du plus triſte naufrage;
  La France a fléchi ſon couroux:
Sous le nouveau Typhis, * qui lui ſert de Pilote,
Le Vaiſſeau triomphant reprend ſa route & flote,
  Au gré de ſes heureux deſtins;
Déja ſur ce qu'on doit admirer davantage
Ou d'un bonheur ſi grand ou d'un guide ſi ſage,
  Tous les eſprits ſont incertains.

Il s'elance en vainqueur ſur l'humide campagne;
  L'Étranger l'invite en ſes ports;
Le ſeul bruit de ſa marche au Dieu qui l'accompagne
  Ouvre les plus fertiles bords;
Des biens de l'univers fameux dépoſitaire,
Il rendra la nature en tous lieux tributaire
  De ſon admirable pouvoir;
Par d'utiles travaux, pour le bonheur du monde,
En portant avec lui la fortune ſur l'onde,
  Il ne ſuivra que ſon devoir.

Quel faſte ſur ſes bords! quelle magnificence!
  De tréſors quels vaſtes amas!

C 2

* Mr. Le Duc de Choiſeul , Miniſtre de la guerre.

Cent tonnerres d'airain font craindre fa puiffance ;
    La pourpre éclate fur fes mâts :
L'aftre du jour s'admire en cet or qu'il déploye ;
Le Zéphir folâtrant dans fes cables de foye
    Le pouffe au gré de fes défirs ;
Cèdez, Navire altier, dont jadis Cléopatre,
Ivre de fa grandeur, fit un flottant théatre,
    Conduit par la main des plaifirs. *

Telle Argo s'avançoit, lorfque vers la Colchide
    Portant la Grèce & fes héros,
Ce Vaiffeau glorieux fous Typhis qui le guide
    Fendoit pompeufement les flots ;
Les chants divins d'Orphée animoient la Conquète,
Pendant que de fes yeux, fans craindre la tempête,
    Cherchant l'invincible Toifon,
Lyncée en obfervoit l'approche redoutable
Et montroit la victoire au coup inévitable,
    Pour qui s'armoit le fier Jafon.

Qu'il porte le Commerce ; eft-ce affez pour fa gloire
    D'orner par lui tout l'univers ?
Dans fon augufte enceinte aux Filles de Mémoire
    Des Temples encor font ouverts :
Par des foins éternels poliffant la nature,
Les arts pendant qu'il vogue achèvent leur culture,

* Cléopatre fut jufqu'a Tarfe, au devant de Marc-Antoine,
fur un Vaiffeau, qui reprefentoit tout Cythére ; c'étoient autant
d'Amours qui faifoient la manœuvre, conduifant Venus avec les Graces, fur le fleuve Cydenus.

Dont naiſſent des fruits excellens;
En miracles fécond, il fournit à la Terre
Des Sages pour la paix, des Héros pour la guerre;
    Il fait briller tous les Talens.

Ainſi par des ſuccès, que le Ciel favoriſe,
    Il doit arriver dans le port;
D'Argonautes fameux le grand art m'autoriſe
    Dans mon prophètique tranſport:
Le fier Vaiſſeau, que flate un eſpoir légitime,
Attend de leur amour, pour prix de ſon eſtime,
    La plus grande félicité;
Habile à l'affermir au milieu des orages,
Leur bras attachera la gloire à ſes voyages;
    Son terme eſt l'Immortalité. *

Paris, à tant d'eclat pourrois-tu m'econnaître
    Les traits frappans de ta ſplendeur?
Dans ton ſein les vertus, les arts que tu fais naître
    Immortaliſent ta grandeur;
Heureux vainqueurs du tems, les crayons de l'Hiſtoire
Aux Peuples de la Terre annonceront ta gloire,
    Trop brillante pour mon pinçeau;
Si j'offre ton image en cette Allégorie,
Pardonne; ſa beauté n'en peut être flétrie;
    L'univers connaît ton Vaiſſeau.

C 3

* C'eſt auſſi la Deviſe du Vaiſſeau que Paris a pour ſes Armes; elle eſt gravée ſur la flame, ou Banderole qui voltige au hant du mâts.

A

M. LE DUC DE CHOISEUL,

MINISTRE DE LA GUERRE,

POUR

LUI PRÉSENTER L'ODE SUIVANTE

EN 1762.

Miniftre, qui fais les deftins
Et de la Seine & du Permeffe,
Porte aux pieds de mon Roi ces Vers que je t'adreffe;
Ils partent des bords Palatins.
D'un Conquérant l'eclat fublime
Doit plaire à tes regards guerriers,
Et lorfqu'a Fontenoi moiffonnant les lauriers
Louis montroit au Monde un Vainqueur magnanime,
Choifeul, tu préparois le triomphe avec lui:
Il combattoit en Roi, tu combattois en Sage,
Contribuant par ton courage
A l'honneur immortel qu'il reçoit aujourd'hui.
En Miniftre de Mars, ton grand cœur s'evertue,
Pour achever fa gloire aux yeux de l'Univers,
Et tes mains ornent la Statue,
Que la France élève en mes Vers.

LA
STATUE ÉQUESTRE
DE
LOUIS XV. *

ODE.

Eſt-ce le ſuperbe Alexandre,
Qui ſur ce Courſier belliqueux,
Pour mettre l'Univers en cendre,
Ranime ſes tranſports fougueux?
Eſt-ce dans ſa gloire uſurpée
Le fameux Rival de Pompée,
Idole & fléau des humains,
De qui l'ambition fatale
Va dans les plaines de Pharſale
Foudroyer l'Aigle des Romains?

Ainſi dans ſa bouillante audace
Le Dieu qu'adorent les Soldats,
Preſſant un Courſier de la Thrace,
S'elance à travers les combats;
Ainſi le Maître du tonnerre
Parut aux regards de la Terre,

C

* Par le fameux Bouchardon.

Armé pour des coups éclatans,
Lorſque ſon bras inévitable,
Par une chute épouvantable,
Alloit renverſer les Titans.

Aux traits d'un Héros & d'un Sage
Puis-je m'econnaître mon Roi?
Voilà ſes vertus, ſon courage;
C'eſt le Vainqueur de Fontenoi:
La Clémence d'un air auguſte,
Par un mélange heureux & juſte,
Tempère ſa noble fierté,
Sur ſon front la gloire immortelle
Fait luire une vive étincelle,
Rayon de la Divinité.

Prodige du bronze fléxible!
Il reſpire, il parle, il combat;
Sur l'Eſcaut ſon œil invincible
Menace les murs qu'il abat:
Je vois ſa bouche magnanime,
Exhalant le feu qui l'anime,
De Mars gouverner la fureur;
L'eclair s'allume à ſa parole;
Son bras frape, la foudre vole,
Et ſon Egide eſt la terreur.

Quelle majeſté de Peinture
Dans ce travail digne des Dieux!
Ce n'eſt point l'art, c'eſt la nature
Qui ſe reproduit à mes yeux;

Du docile airain la foupleffe,
Des chairs imitant la molleffe,
Impofe aux regards éblouis;
Dans cette illufion fuprémé,
L'œil enchanté voit Louis même
Et non l'image de Louis.

Tel il s'avançoit au rivage,
Où combattant toujours en Roi
Il abaiffa l'orgueil fauvage
Du Léopard frapé d'effroi;
Tel il regarda la tempête,
Qui tonnant autour de fa tête
Répandoit l'horreur & la mort;
Tel enfin fi le Ciel barbare
Eût ouvert pour lui le Ténare
Il auroit fait rougir le fort.

Le fenfible Courfier, dont l'ame
Connaît un Roi victorieux,
Souffle la martiale flame,
Sous un fardeau fi glorieux;
De fes crins l'horreur foudroyante
Et fa prunelle flamboyante
Annoncent Bellone en fon cœur;
Au couroux ardent qui l'embrâfe,
Dans les Cieux on croit voir Pégafe
Portant Bellérophon vainqueur.

Tremblez, Ennemis de la France,
Vous dont les complots éternels
Ont d'une infernale vengeance
Allumé les feux criminels,
Tremblez; ce Roi couvert de gloire,
Que couronne ainſi la Victoire,
Comme un Dieu qui combat pour nous,
Eſt ce même Roi, dont la foudre,
En vous faiſant mordre la poudre,
Lançoit l'epouvante ſur vous.

Son bras peut fulminer encore,
Si le crime oſoit l'irriter;
Un Maître que ſon Peuple adore
Aux combats eſt à redouter:
Vous, Citoyens, dont l'œil fidèle
Contemple des Rois le modéle,
Admirez vos bords embellis;
C'eſt ſa ſplendeur qui les éclaire,
Et de ſon ombre tutélaire
Il couvre l'Empire des Lys.

Ne craignons pas que ſur la Terre
Ce Courſier de ſes vaſtes flans,
Vomiſſant les feux de la guerre,
Ne renverſe nos murs tremblans; *
De cette Enceinte formidable,
Mieux que le Dragon de la Fable,

* Le Cheval de Troye cauſa la perte de cette Ville.

Il veille au repos des Mortels ; *
Louis dans une paix profonde
Enchaînant les deſtins du Monde
N'attendra plus que des autels.

C'eſt par une Alliance auguſte,
Garant ſolemnel du bonheur,
Que d'un Règne brillant & juſte
Il veut éternifer l'honneur :
Dans cette paix que tout réclame,
Ne formant plus qu'une même ame,
Et ſe perpétuant encor,
L'Autriche & les Bourbons enfemble,
Sous l'etendart qui les raffemble,
Raméneront le Siécle d'or.

Déjà le plus grand hyménée,
En réuniffant leur pouvoir,
Aux yeux de l'Europe étonnée,
Fait tout rentrer dans le devoir ;
Partout leur concorde célefte,
Etouffant la guerre funefte,
Rétablira la bonne foi,
Et par un noeud ſi refpectable
Leur puiffance plus redoutable
Aux Nations fera la loi.

* C'eſt lé Dragon qui veilloit fur la Toifon d'Or qui fut pourtant conquife par les fameux Argonautes.

De ces beaux jours hâtez l'aurore,
Allez au Temple, heureux Epoux;
Le triomphe ne peut éclore
Qu'au flambeau d'un hymen fi doux:
Pour l'allumer tout fe prépare;
L'Europe entière qui fe pare
Au plus parfait bonheur prétend;
Non moins puiffans que vos Ancêtres,
Donnez des Héros & des Maîtres
A l'Univers qui les attend.

Du haut des Cieux je vois defcendre
De Rois une poftérité,
Dont le cœur populaire & tendre
Garantit la félicité:
Du Monde faifant les délices,
Par les plus nobles facrifices,
Ils mériteront des Autels,
Et fur les Hydres abatues
On leur éléve des Statues,
Comme à leurs Ayeux immortels.

Alors renaîtront les Eugénes,
Mais pour combattre le Croiffant,
Et contre lui feul les Turénes
Armeront tous leur bras puiffant;
C'eft fur les Infidéles têtes
Que doivent tonner les tempêtes,

Si Mars réveillant fa fureur
Veut embellir la Renommée
Par les palmes de l'Idumée,
Qui croiffent aux champs de l'Erreur.

Préparez vous, Races futures,
Que renferme au fein du néant
Le Tems, père des avantures,
Qui s'avance à pas de géant:
Jouiffez de tant de merveilles,
Prix de nos pleurs, fruit de nos veilles,
Que le Ciel prodigue pour vous;
Sur les difcordes étouffées,
Admirez ces brillans Trophées,
Qui n'ont couté de fang qu'a nous.

Siécles, vous bénirez la fource
D'un bonheur que la Terre attend,
Et ce beau Fleuve dans fa courfe
Jufqu'a l'éternité s'etend;
Sorti d'une origine illuftre,
Il en reproduira le luftre,
Dans l'âge le plus éloigné,
Jaloux d'apprendre à tout le Monde
Que pour perpétuer fon onde
Louis & Thérèfe ont régné.

Image d'un Dieu fecourable,
Par combien de foins glorieux
At-elle d'un Règne adorable
Rempli le cours victorieux!

Donnant des Conquêtes l'exemple,
Mais dans Louis qu'elle contemple
Trouvant la Clémence des Rois,
A cette vertu qui l'enflame
Elle abandonne fa grande ame,
Quand la Force a vengé fes drois.

Peuples, voilà les vrais Monarques,
Nés pour notre félicité;
Je ne reconnois qu'a ces marques
Le fceau de la Divinité:
Notre cœur, dont il font l'Idole
D'un culte coupable & frivole
N'honore point ces Potentats,
Qui pour augmenter leur partage
Remportent le trifte avantage
D'avoir renverfé les Etats.

O! toi, qui Maître du tonnerre
De ta grandeur nous éblouis;
Dieu de la paix, Dieu de la guerre,
Soutiens les armes de Louis;
Que fon deftin toujours profpère
A la France conferve un Pére,
Conferve à la Terre un Titus;
Rendre fon Empire durable,
C'eft fous un Monarque adorable
Prolonger celui des Vertus.

A
S. A. S. E. P.
ELISABETH - AUGUSTE,

POUR

LUI PRÉSENTER L'ODE SUIVANTE

EN 1767.

Par cet homage de mes pleurs,
J'ai voulu fatisfaire un penchant qui m'entraîne;
Mais je redouble encor les trop vives douleurs
    De mon augufte Souveraine.
Hélas! de Frederic * je déplore la mort,
    Qui vous fait verfer tant de larmes,
    Et dans mon douloureux tranfport,
Cet Enfant, dont on aime à regreter les charmes,
    Eternelle caufe d'allarmes,
    Achève la rigueur du fort.
    En rappellant dans ma triftefse
Deux Objets fi touchans, fi chers à votre cœur,
    C'eft trop éprouver la tendreffe
    Et d'une Mère & d'une Sœur.
Si pourtant dans mes Vers la divine parole
De ce Génie heureux, qui vient me confoler,
    Vous même aujourd'hui vous confole,
Aux trais victorieux que je vais révéler;

---

* S. A. S. le Prince Frederic de Deux-Ponts, le même que ci-
devant dans l'Ode I.

Ce coup feroit comme un miracle,
Où l'on reconnoîtroit la puiffance des Cieux :
Eh! qui peut réfifter , quand parle un tel Oracle,
　　Fidéle Interpréte des Dieux ?
Oui, Princeffe, vous rendre au Pays, à vous même;
　　En diffipant votre douleur
　　Dans l'inévitable malheur,
　　C'eft pour eux la gloire fuprême,
　　C'eft pour moi le plus grand bonheur.
Autour de moi j'entens la voix de la Patrie,
　　Qui fenfible à tous vos tourmens
　　Gémit de vos gémiffemens,
　　Et cette voix partout me crie:
Rens nous enfin, rens nous, au nom des Immortels,
　　Dans Elifabeth une Mère ;
　　Dans Charles nous avons un Père;
　　Dans nos cœurs ils ont des autels.

ODE

ODE
SUR LA MORT
DE
S. A. S. LE PRINCE
FREDERIC DE DEUX - PONTS
EN 1767.

Compagne de la Mort, qui des héros célébres
Confacres les vertus dans la nuit du tombeau,
Mufe, en ces jours de deuil prens tes voiles funèbres
Et porte devant moi ton lugubre flambeau :
    Parmi les Cendres & les Urnes,
Conduïs mes pas errans jufques aux fombres bords ;
Pour n'offrir à mes yeux que des ombres noĉturnes,
    Ouvre moi l'Empire des Morts.

A quoi fert deformais que cette Cour m'arrête,
Par le fpeĉtacle ingrat de fa vaine grandeur
Et que l'Aftre du jour fe léve fur ma tête ?
Je ne vois qu'a regret fa ftérile fplendeur :
    En proye à ma douleur profonde,
Dans la nature hélas ! tout eft changé pour moi ;
Frederic ne vit plus ; quittons, quittons le Monde ;
    La Mort m'en a fait une Loi.

D

Quoi! tu n'és plus, cher Prince, & je pourrois
    furvivre
A ce coup qu'a frapé le glaive du Trépas?
De mes cruels tourmens que la mort me délivre;
Pourquoi le même coup ne m'immoloit-il pas?
  Les Vertus ont quitté la Terre;
Fréderic au tombeau les enferme avec lui;
Sur une Cour brillante a paffé le tonnerre;
  Plaifirs, bonheur, tout en a fui.

Du fort injurieux puniffons le caprice,
Qui ne frapant que lui croit nous épargner tous;
Au héros de nos cœurs offrons un facrifice,
Qui foit en le vengeant un triomphe pour nous:
  Allons dans un tranfport fublime
De fon tombeau facré nous faire des autels
Et moi-même en tombant la prémiére victime
  Y donner l'exemple aux Mortels.

Si nous reftions encor, vains fardeaux de la Terre,
Quel autre comme lui feroit notre bonheur?
Qui veilleroit fur nous dans la paix, dans la guerre,
Pour defarmer l'audace & défendre l'honneur?
  Forçant d'invincibles barriéres,
Là fon bras de la France alloit venger les drois;
Pour l'honneur de l'Empire, ici fes mains guerriéres
  Délivroient les enfans des Rois.

Aux yeux admirateurs de Vienne & de Verfailles,
Frederic tour à tour illuftra fon grand cœur,
Il parut comme Alcide ou le Dieu des Batailles,
Aux noms les plus fameux mêlaut fon nom vainqueur:

Viſſembourg pris, Dresde ſauvée .. *
Mais pourquoi rappeller tant déxploits ſuperflus,
Souvenir trop amer de ſa gloire achevée,
    Puiſque mon Héros ne vit plus . . .

  C'eſt ainſi que plongé dans une horreur extrème
De mon ſeul deſeſpoir j'empruntois mes diſcours;
Soudain je vois des Cieux, dans ce moment ſuprème,
Un Dieu Conſolateur qui vole à mon ſecours:
    Dans ſa main, ſource de lumière,
Tel qu'un Soleil ardent, brilloit la Vérité;
Des merveilles du Ciel la Raiſon la prémiére
    De ſa tête ornoit la clarté.

  Au Concert le plus doux ſa voix étoit pareille;
De ſes lévres couloit la Perſuaſion;
Des ſons harmonieux qui frapent mon oreille
Il grava dans mon cœur la vive impreſſion:
    Eh! quoi! dit-il, tu t'abandonnes
Aux vens tumultueux, dont le Sage eſt le Roi,
Et pendant la tempête à ces Tyrans tu donnes
    Tes propres armes contre toi?

  Reconnois ton erreur & fais tête à l'orage,
Que ta ſeule faibleſſe a rendu dangereux;
Qu'importe un coup du Ciel à l'homme de courage?
Si la Vertu lui reſte Il n'eſt point malheureux:

                D 2

* Le P. Frédéric emporta les Lignes de Viſſenbourg, en 1744. occupées par l'Armée du Prince Charles; & en 1760. il delivra Dresde, où toute la Famille Royale de Saxe étoit enfermée. Voyez à ce Sujet l'Ode I. qui fut envoyée manuſcrite au P. Frederic, qui commandoit en Chef l'Armée Impériale, ainſi qu'à S. A. S. le Duc Regnant de Deux-Ponts, dans le tems même de l'événement.

Faut-il en croire l'impofture,
Qui des frayeurs fur toi verfe le noir poifon?
La mort, ce vain fantôme aux yeux de la nature,
   N'eft qu'un bonheur pour la raifon.

Que la Vérité parle ; à fes trais de lumiére
Tombera le bandeau qui te couvre les yeux;
Tu verras que la mort, en bornant ta carriére,
Eft le terme prefcrit par un ordre des Cieux:
   Sans cette mort fi naturelle,
Si néceffaire même au repos des humains,
Comment peux-tu jouir de la gloire immortelle,
   Qui te couronne par fes mains?

Vois la blancheur du Lys, vois l'eclat de la Rofe;
Tout paffe, tout périt, dévoré par la mort:
Mais toujours le héros, qu'attend l'Apothéofe,
Se furvit à lui-même & triomphe du fort:
   Né mortel, il faut que tu meures
Pour recevoir aux Cieux ce bonheur fouhaité;
Ainfi par fon trépas le Prince que tu pleures
   Jouit de l'Immortalité.

Dans ton aveuglement ceffe donc de te plaindre
D'un coup qui le tranfporte au repos éternel;
C'eft après fes Travaux Hercule qu'on doit peindre,
Admis au rang des Dieux par un choix folemnel:
   Si tu tépans encor des larmes,
Pour le fort tout divin, dont jouit ton Héros,
On dira que jaloux tu regrettes les charmes
   De fa gloire & de fon repos.

Ah! rougis d'oublier, dans l'horreur qui t'entraîne,
Sous quels Aftres heureux la Palatine Cour
Brille en perpétuant fa grandeur fouveraine,
A qui tu dévouois ton éternel amour:
  Rappelle toi cette Minerve,
Qui veille fur le trône au bonheur de l'Etat;
Penfe au Maître adoré, que le Ciel te conferve;
  L'oubli feroit un attentat.

 Quoi! fimple Paffager fur le Vaiffeau qui flote,
Pour démentir la gloire & l'art qui le conduit,
Comme s'il n'avoit plus ni Rameurs ni Pilote,
Tu le crois dans fa courfe au naufrage réduit?
  Par les plus brillantes Etoiles,
Il vogue fiérement à l'Immortalité;
Cent mains pour ce voyage ont déployé fes voiles
  Au vent de la Profpérité.

 Vois les Arts floriffans fous le Régne adorable
D'un Augufte nouveau, l'amour du genre humain;
Vois Mécène avec lui, dont le bras fecourable
Soutient les Monumens qu'il fonda de fa main:
  Vois comme en merveilles fertiles
Le Maître & le Miniftre, admirables Rivaux,
Se difputant l'honneur des foins les plus utiles,
  Immortalifent leurs travaux.

 Voilà fur quels Objets l'œil fage fe promène;
Le triomphe en tout genre a prévenu tes vœux;
On trouve la grandeur dans chaque Phénomène;
Tu dois les admirer, chante les fi tu peux:

       D 3

Hercule manque à la Conquête,
Où cent héros cherchoient la fameuſe Toiſon;
Leur Vaiſſeau s'elançant à travers la tempête
    En voguoit-il moins ſous Jaſon?.. *

A ces mots impoſans, qui raſſurent mon ame,
Le Dieu conſolateur m'enléve dans les Cieux,
Et là, pour me remplir d'une cèleſte flame,
Il ouvre les Deſtins, qu'il préſente à mes yeux:
    C'etoient ces Faſtes de la vie,
Où des Mortels inſcrits tous les jours ſont comptés;
Au milieu de leur courſe hélas! combien l'Envie
    A vû de héros arrêtés!

Combien dans les travaux le trépas en délivre,
Qui laiſſent après eux le plus beau ſouvenir!
Là Titus, jeune encor, Titus ceſſant de vivre
Traçoit un grand exemple aux ſiécles à venir:
    Frederic en étoit l'image,
Et traînoit à ſon char tous les cœurs des Mortels;
Il avoit comme lui le plus noble courage;
    Il aura les mêmes autels.

Parmi tant de héros d'une auguſte origine,
Mais que rayoit la Mort du nombre des Vivans,
Rejetons qui fondoient la grandeur Palatine,
Et ſervoient de leçon pour les Ages ſuivans;

---

*. Selon la Fable, Jaſon étoit le Chef des Argonautes, pour la
Conquête de la Toiſon d'or.

Je reconnus à tous ses charmes
Ce Prince Electoral, cet Enfant précieux,
Qui du sein maternel.. Dieux! qu'il couta de larmes,
 Quand il retourna dans les Cieux!

 Comme il eût retracé les vertus de son Père,
Si le Ciel de sa vie eût prolongé le cours!
Comme il eût mérité tout l'amour d'une Mère,
Qui pour le faire vivre eût immolé ses jours!
 On l'auroit vû dans la Carriére
Suivre de Frederic les pas victorieux;
Sa course Pacifique encor plus que Guerriére
 En eût fait l'image des Dieux.

 Tel qu'une tendre fleur, qu'apeine on voit éclore,
Ce Prince a disparu, pour tromper notre amour;
Jeune Lys en naissant il n'a vû qu'une Aurore,
Content de saluer la lumiére du jour:
 Que je lui donne encor des larmes!
Ces pleurs que je répans orneront son tombeau;
En mourant Frederic redouble tant d'allarmes,
 Mais son destin devient plus beau.

 Il laisse à ses Enfans l'exemple de sa gloire;
Puissent-ils d'un tel Père imiter les vertus!
Et nous qui le perdons, chérissant sa mémoire,
Déplorons son trépas, sans en être abattus:
 Mais non; sa mort digne d'envie
Est l'Ecole du Sage, ainsi que du Guerrier;
Nous apprendrons de lui comme il faut dans la vie
 Cueillir la Palme & le Laurier.

 D 4

A

M. LE COMTE DE COUTURELLE,

CHEVALIER DE St. LOUIS,

HONORAIRE DE PLUSIEURS ACADÉMIES
DE L'EUROPE ET CHAMBELLAN ACTUEL
DE S. A. S. E. P.

ENVOI

DE L'ODE SUIVANTE

EN 1768.

D'un Parnaffe divin dans fa réalité,
    Dont tout Paris fut enchanté,
Comte aimable, tu vois le Monument renaître,
    Et dans ce tableau préfenté,
    Par les mains de la Vérité,
Ton cœur qui l'attendoit va foudain reconnaître
    Le Roi de la fociété,
    Le Héros de l'humanité,
    Et des vertus le plus grand Maître.
Le voilà ce Titon, que mes Vers ont chanté,
    Par qui fut en France exalté
    Un Temple *, où je vivrai peutêtre,

* Ce Temple, comme l'Auteur l'appelle, eft le célébre Parnaffe Français, exécuté fi magnifiquement en Bronze chez Mr. Titon
du Tillet, le Héros de l'Ode fuivante, & dans un beau Livre in
Folio, enrichi d'Eftampes & des Medaillons des grands hommes de
Lettres, qui doivent être fur fon Parnaffe. L'ouvrage eft connu de
tout le monde, ainfi que la Maifon charmante, qu'il avoit au bout
du Faux-Bourg St. Antoine à Paris & qu'on pouvoit dire tout-a-fait

Séjour de l'Immortalité,
Des plus fameux noms habité,
Où toi-même introduit tu dois auſſi paraître,
En fils d'Apollon reſpecté,
Comme en fils de Mars redouté,
Tel enfin qu'un Héros & qu'un Sage doit être;
Qui mieux que toi l'a mérité?

LE
VRAI PARNASSE,
ODE
A M. TITON DU TILLET,
AUTEUR
DU PARNASSE FRANÇAIS.

———————

Toi, qui fur le bronze durable,
De l'Immortalité garant,
Elevas un Tempte honorable
Au Siécle de Louis le Grand;
Quand la Gloire ouvrit ton Parnaſſe
A ces héros que la mort place

D 5

Parnaſſique : elle renfermoit toutes fortes de raretés ; mais la plus grande étoit le Maître de la Maiſon. C'eſt cette eſpéce d'Olympe ou de vrai Parnaſſe, ſi fréquenté par les Savans & les Artiſtes en tout genre, que l'Auteur chante dans ſon Ode.

Au rang des noms les plus fameux,
Ton nom devint digne lui même
D'en partager l'honneur fuprême,
Admis dans le Temple comme eux. *

Pindare ainfi par fon offrande
Partageoit l'eclat des Lauriers,
Quand fon immortelle guirlande
Couronnoit le front des Guerriers:
Ainfi le Miniftre d'Augufte,
Sous un Empire heureux & jufte,
Donnant aux Arts plus de fplendeur,
Par les héros de l'harmonie,
Dont il échauffoit le génie,
Immortalifoit fa grandeur.

Oui, cher Titon, dans toi j'honore
Ce Mécène à l'œil careffant,
Qui de ma poétique aurore
A vû briller le feu naiffant:
De Calliope amant fidèle,
Je t'obfervai comme un Modèle,
Dont le trône eût fait un Titus,
Et voulant de l'homme équitable
Peindre la grandeur véritable
Je ne peindrois que tes Vertus ...

* Ce beau Monument, executé en bronze avec tant de dépen-
te & de goût, eft aujourdhui placé dans la Bibliothéque du Roi : il
étoit digne d'elle, comme elle eft digne de lui. L'auteur fit cette Ode
en 1759. & ne parle que d'après la réalité. C'étoit un Ami de Mr. Titon de plus de vingt-ans, malgré la différence des âges. L'illuftre
Mr. de Fontenelle, un de nos plus grands hommes de Lettres, ami
& Compatriote de l'Auteur, lui avoit donné la connoiffance de cet
excellent homme.

Mais pendant que de ſes Ouvrages
Il éternife la beauté,
Que ſur l'aîle de nos ſuffrages
Il vole à l'Immortalité,
Accords enchanteurs de ma Lyre,
Soutenez le charmant délire,
Qui m'appelle vers ſon ſéjour;
C'eſt là qu'une clarté plus pure
Nous offre la belle Nature,
Ou ſon image en tout ſon jour.

Que cet Aſyle eſt délectable!
Seroit-ce le Sacré-vallon?
Ne vois-je pas aſſife à table
Minerve à côté d'Apollon?
Sous un autre nom la Déeſſe
Y préſide avec la Sageſſe;
Titon conduit la Volupté;
D'Amis une riante Troupe
Boit le Nectar à pleine coupe
Et reçoit l'Immortalité.

L'image de tous les Grands hommes,
Qui vivent ſur ſon Monument,
Dans le Temple auguſte où nous ſommes,
Achève notre enchantement:
Nous admirons, nobles courages,
Ce Corneille dont les ouvrages
Etonnent l'eſprit des humains;
Il ſemble qu'avec l'harmonie

Le feu qui part de fon génie
Embrâfe le cœur des Romains. *

 Eft - ce affez ? les Graces divines ?
Font naître les fleurs fous leurs pas,
Et dans de beaux vers les Racines
En font paffer tous les appas :
Au fommet où vole Pégafe,
La Lyre en main dans fon extafe
Apollon nous charme les yeux ;
Nous fentons fon pouvoir fuprème ;
C'eft fon Empire, c'eft lui même,
Et nous vivons avec les Dieux.

 Sur les hauteurs de ce Parnaffe,
Parmi les héros fortunés,
Il eft encor plus d'une place
Pour les Voltaires couronnés :
A l'ombre de l'Apothéofe,
Selon fon rang chacun repofe
Au fein de l'Immortalité ;
Ainfi chaque Aftre en fa carriére,
Aux Cieux variant fa lumiére,
En décore l'immenfité.

 C'eft aux pieds de ce Mont fublime,
Auffi facré que les Autels,

---

* Sur le Parnaffe Français , exécuté en bronze & placé dans une grande & belle Salle , où l'on mangeoit , Corneille étoit reprefenté de bout dans une attitude fiére , ayant une flame qui s'elevoit au-deffus de fa tête : C'étoit une figure en pié de 18. pouces de hauteur, & travaillée dans le meilleur goût : ainfi des autres figures à proportion , avec des attitudes qui les caractérifoient. Corneille a fait les Romains plus grands encore qu'ils n'étoient : C'eft le propre du génie d'agrandir tout.

Que fon Fondateur magnanime
Nous accoutume aux Immortels;
Par un brillant Cercle arrondie,
Sa Table toujours applaudie
Etale des mets de fon choix,
Plus chers aux yeux de la Sageffe,
Que l'exquife délicateffe,
Qui brille à la table des Rois.

Là le difciple de Socrate,
N'ecoutant que le Dieu du goût,
Parle un langage qui nous flate;
La Joye aimable embellit tout:
Le Nourriffon de Melpóméne
Y vient intéreffer la Scène
Par des combats non dangereux;
Le Champagne vif y pétille,
Et ne formant qu'une famille
Tous les Beaux-arts y font heureux.

On diroit qu'avec la décence
Le Dieu Saturne y règne encor;
C'eft l'Empire de l'Innocence,
Ce font les jours du Siécle d'or:
Quel concours de Savans abonde!
Seroit-ce que des bouts du Monde
Raffemblant les Tréfors épars,
Le Maître de ce lieu tranquile
A fait de fon charmant Afyle
Celui des Talens & des Arts ? *

___

* Tout le monde Artifte ou Savant, Etranger ou Français con-
noiffoit & venoit voir cet homme célébre par fon grand patriotifme, &

Que j'aime à le voir d'un Convive,
Avec un zéle attendriffant,
Ranimer la foif fugitive
Et le courage languiffant!
Toute fon ame qu'il déploye
Dans nos cœurs épanche une joye,
Qui s'exhale en doux entretiens,
Et parmi de fages folies
Partent ces heureufes faillies,
Dont les bons vins font les foutiens.

C'eft le flambeau de fon exemple,
Qui feul éclaire nos défirs;
Il eft l'Anacréon du Temple;
Nos vœux deviennent des plaifirs;
Le Goût regle nos facrifices;
La Vertu rend fous fes aufpices
La Fête digne de Caton;
Cet Etat vraiment Parnaffique
Réalife la République
Et le Banquet du grand Platon.

La Nymphe qui fert de Prêtreffe, *
Au lieu des folâtres Amours,
Conduit la foule enchantereffe
Des Talens qui plaifent toujours:

par fon beau Monument : Ce que l'Auteur dit de fa Maifon eft d'après la vérité. Mr. Titon étoit à table comme un Patriarche au milieu de fes enfans, en lui donnant pour famille des perfonnes de mèrite & tous les honnêtes gens.

* Mdlle. Felix de Villegenon, fi connue fous le nom de Mdlle. Felix, fa petite Nièce, Demoifelle d'un vrai mérite & remplie de Connoiffances & de talens.

Pour faire adorer son empire,
Elle a des Graces le sourire
Et des Muses le ton vainqueur;
Les traits de la Vertu céleste,
Qui brillent sur son front modeste,
Offrent l'image de son cœur.

Vrais plaisirs, délices du Sage,
Mets par le Ciel affaisonnés,
Puissiez vous n'être le partage
Que des cœurs de ses dons ornés!
Pour le Fourbe à l'œil hypocrite,
Persécuteur de tout mérite,
Convertissez vous en poison,
Et du cœur pêtri d'artifice
Devenant le juste supplice,
Ne nourrissez que la Raison.

Périsse la trame infernale,
Qui fuyant la clarté des Cieux
Voudroit à tant d'amis fatale
Détruire ce bonheur des Dieux!
Amitié, toi que je réclame,
Fais éclater ta vive flame,
A travers les voiles épais;
Cher Titon, que rien ne nous change,
Et laissons ramper dans la fange
Les Monstres, fléaux de la paix. *

* L'auteur éprouva, ce qu'on eprouve partout, les effets de l'Envie qui fait les calomniateurs : mais ou triomphe de tout avec un peu de philosophie & beaucoup de Vertu. Qui croiroit que Mr. Titon lui même pût-être attaqué par de Monstres pareils ? il le fut pourtant ; mais il n'opposa qu'un noble silence & l'estime des honnêtes gens, pour en triompher.

Que t'importe la vaine audace
D'un Ennemi peu mérité?
Sois tranquile fur ton Parnaffe,
Où regne la férénité:
Le Soleil craint - il les ravages,
Quand il voit les fougueux orages
Au haut des airs faire la loi:
Jamais la redoutable Envie,
De fureurs lâchement fuivie,
N'offenfe un homme tel que toi.

Il eft des vertus que le Sage
Sur la Terre fait révérer,
Et tout Mortel qui les outrage
Ne fait que fe deshonorer:
La vengeance t'appelle encore;
Mais toujours ta belle ame ignore
L'art de porter fes coups divers;
Dumoins dans ton calme paifible
Il te refte une arme invincible;
Et c'eft l'amour de l'Univers. *

AUX

* Cet excellent homme eft mort vers la fin de 1762, au grand regret de tous les honnêtes gens, Savans & Artiftes. Il étoit Nonagenaire, de plus de trente Academies de l'Europe, & comme le Neftor du Parnaffe Français dont il chériffoit tous les habitans. Parmi la douleur genérale l'Auteur le pleure en particulier comme un homme incomparable pour le Zéle patriotique, comme l'ami de l'humanité, & comme le fien très intime:

. . Cui pudor & iuftitiæ foror
Incorrupta fides, nudaque Veritas
Quando ullum invenient parem?

A U X

DAMES DE LA COUR PALATINE,

NOUVELLEMENT DÉCORÉES

DE

L'ORDRE DE Ste. ELISABETH,

POUR

LEUR PRÉSENTER L'ODE SUIVANTE.

O ! respectables Héroïnes,
Qui partagez l'eclat de cèt Ordre nouveau,
En partageant celui des grandeurs Palatines,
  Que n'ai-je des couleurs divines,
  Pour l'égaler par mon pinceau !
  C'est à vous mêmes que j'adresse,
  Après tant d'honneurs solemnels,
Ces fidèles témoins, ces garans éternels,
Transports versifiés pour l'auguste Maîtresse,
  Dont la gloire vous intéresse,
Et qu'on doit encenser jusque sur les autels:
Son Ordre, en décorant une illustre Noblesse,
  Par le plus beau devoir s'empresse
A secourir encor les indigens Mortels.
  C'est la Déesse tutélaire,

E

Qui préside à l'Humanité ;
Ouvrage de la Piété,
L'Ordre qu'en Souveraine elle anime, elle éclaire
Fera son immortalité.

ODE,

L'INSTITUTION

DE

L'ORDRE DE Ste. ELISABETH,

PAR S. A. S. E. P.

ELISABETH-AUGUSTE,

LE JOUR DE SA FETE 1766.

Le bel Astre du jour se plaît dans sa carrière
A répandre ses feux divers ;
Rival brillant de sa lumière.
Le Flambeau de la nuit éclaire l'Univers.

Ces Astres dans leur course illuminent le monde
Et l'image de leur clarté
Se peint sur la terre, sur l'onde,
Représentant partout leur céleste beauté,

Ainsi les Souverains, ces Soleils de la Terre,
Ainsi les Rivales des Rois,
Eclairant la paix ou la guerre,
De leur splendeur suprême autorisent les drois.

Dans ce fuperbe éclat, pour mieux fe reproduire,
    Ils font fur leurs nobles Sujets
    Rejaillir des feux qu'on voit luire,
En rayons difperfés, qui parent les objets.

    Mais trop fouvent l'orgueil, fous plus d'un nom
               profane,
    Enfanta ces Corps immortels,
    Ordres que la Raifon condamne,
Quand la Religion pour eux n'a point d'autels.

    La plaintive Mifère en eft = elle fervie,
    Et foutiens de l'Humanité,
    Confolent - ils la trifte vie
Des malheureux que voit l'œil de la Chrétienté?

    Il en eft cependant, dont la grandeur utile,
    Pour rendre leurs noms floriffans
    Sema dans un champ plus fertile
Et cueille du bonheur mille fruits renaiffans.

    Tel Hubert vît fon Ordre, en noble enfant du
               Trône,
    Voler au fecours des humains,
    Et les enrichir d'une aumône,
Que des cœurs généreux répandoient par fes mains. *

    A la Cour Palatine, où régne fon Grand-Maître,
    Pour la gloire du Fondateur,
    Ce Corps antique aime à paraître
Dans l'eclat que demande un puiffant Electeur.

                          E 2

* L'Ordre des Chevaliers de St. Hubert fut inftitué pour fecourir, par les mains de la plus haute Nobleffe qui le compofe, les Pauvres & furtout les Malades, qui pour guérir recouroient aux miracles du St. Patron.

Ses Membres font toujours des héros en Nobleffe;
  Il a pour Chefs des Souverains,
  Et ne fouffrant rien qui le bleffe
Son orgueil peut braver fes fiers Contemporains.

 Mais au Palatinat qu'un tel Aftre décore
  Il falloit qu'un fecond Flambeau,
  Fait pour l'illuminer encore,
Rajeunît cèt éclat par un Aftre auffi beau.

 Pourquoi ne pas orner de fes clartés divines
  Un fexe en gloire notre égal?
  N'eft-il donc pas des Héroïnes,
En qui pour la Vertu palpite un cœur rival?

 L'Aftre nouveau paroît fous de brillans aufpices;
  Pour en confacrer le renom,
  Au Monde il rend fes feux propices,
Et c'eft Elifabeth qui lui prête fon nom.

 Regnez, Ordre héroïque, & fur la Vertu même
  Affermiffez votre fplendeur;
  Soleil né dans le rang fuprême,
De notre Souveraine annoncez la grandeur.

 Peuples, vous avez vû cette Princeffe augufte,
  De nom moins encor que d'effet,
  En fondant l'Ordre le plus jufte,
Illuftrer pour jamais fon grand cœur fatisfait.

 Vous l'avez vû paraître, ainfi que l'Immortelle,
  Reine de la célefte Cour;
  Le Trône s'elevoit pour elle
Sous un dais plus brillant que les rayons du jour.

Les Graces, les Vertus embelliſſoient la Fête;
L'Autorité dictoit ſes lois,
Et la Majeſté ſur ſa tête
Poſoit en ſouriant la couronne des Rois.

De ſa haute ſplendeur le Compagnon fidéle,
Charles, ce Titus Palatin,
Pour applaudir brilloit près d'elle
Et relevoit encor ſon glorieux deſtin.

Cette ame trop modeſte & ſeulement jalouſe
D'uſurper l'Empire des cœurs,
Admiroit ſon auguſte Epouſe,
Qui les enlevoit tous par ſes charmes vainqueurs.

Aux piés d'Eliſabeth vingt Beautés proſternées
Reçoivent l'honorable don;
C'eſt pour les ames les mieux nées
Que brillent dans ſes mains la Croix & le Cordon.

En portant ce Symbole aux Enfers redoutable,
La Nobleſſe aura plus d'eclat;
Elle en ſera plus reſpectable
Aux yeux reconnoiſſans de Rome & de l'Etat.

Quoi! cette pompe enfin que je peins triomphante,
Beau ſimulacre de grandeur,
Dans les merveilles qu'elle enfante,
N'auroit à mes regards qu'une vaine ſplendeur?

Mais dans l'Ordre naiſſant, dont la Cour ſe décore
Pour en accroître ſa beauté,

Je vois, je vois briller encore
Ton falut & ta gloire, O! fainte Humanité.

A la Religion, à la Philofophie,
Dont le fupréme jugement
Nous condamne ou nous juftifie,
Cèt Ordre fecourable eft cher également.

Oui la Piété même eft fa bafe immortelle,
Et prenant le Ciel pour foutien,
Par cette alliance éternelle,
S'il combat en Héros, il triomphe en Chrétien.

Au joug de la Raifon fa Regle eft affervie;
Rare & fublime affortiment!
Du Pauvre il rachète la vie,
Et de l'eclat du Riche il fe fait l'ornement.

Tous les Rois fondateurs font des Rois que j'adore;
Si leur difant la vérité
Le Philofophe les honore,
Par moi l'Ordre nouveau devoit être chanté.

Sa Devife eft l'Oracle, où mon efpoir fe fonde;
Ma voix n'eclate pas envain;
En faifant le bonheur du Monde,
Il rendra comme lui mon homage divin. ✽

✽ La Devife de l'Ordre de Ste. Elifabeth porte; *folatur & ornat:*
c'eft-a-dire *folatur pauperes, ornat divites.* La Religion fait-elle
rien de mieux que de foulager les Pauvres par les Riches, qu'elle en
récompenfe dans l'autre Monde & qu'elle en bénit dans celui-ci?
La Philofophie même, le plus beau partage de l'homme après la Religion, at-elle rien de plus raifonnable à enfeigner, que de fecourir les
malheureux?

Voilà quels Monumens le vrai Sage révère ;
Occupé du foin des Mortels,
Au poids de la Raifon févère,
Rois, il péfe l'encens qu'on offre à vos autels.

Si dans leur vain orgueil vos travaux admirables
Ne montrent point d'utilité,
Ceffez pour lui d'être adorables ;
On ne l'eft à fes yeux que par l'humanité.

Mais quand fe joint la gloire au bonheur de la
Terre,
Dans d'heureux Etabliffemens,
Soit pour la paix, foit pour la guerre,
Princes, nous adorons vos facrés Monumens.

C'eft alors qu'il s'eléve au milieu des fuffrages
Un encens pur, fait pour les Dieux,
Que portent d'immortels courages,
Avec les Bienfaiteurs couronnés dans les Cieux.

Il faut les foutenir ces merveilles naiffantes,
Secourables pour les Humains ;
Sans l'appui de vertus puiffantes,
La Grandeur voit tomber l'ouvrage de fes mains.

Heureufement conduits par des cœurs magnanimes,
Tous les commencemens font beaux ;
Combien d'Ordres jadis fublimes
Ne font plus aujourdhui que de rampans fardeaux !

E 4

Toi , Chef d'œuvre des Cieux , tu n'auras point à
craindre
De ces infortunés revers;
La Piété doit te contraindre
A durer dans ta gloire autant que l'Univers.

Mais lorsqu'Elifabeth confacre ainfi fon zèle ,
Dieu lui même en devient l'appui;
Tout s'immortalife avec elle ,
Rien de ce qu'il défend ne s'ébranle avec lui.

A

SON EXCELLENCE
M. LE BARON DE WACTHENDONCK,
GRAND CHAMBELLAN , ET MINISTRE D'ETAT
DE S. A. S. E. P.

POUR
LUI PRÉSENTER L'ODE SUIVANTE.

Regarde mes Jeux poétiques ,
Toi, dont l'œil toujours vigilant
Perça l'obfcurité des refforts politiques;
Toi qui fûs éclaircir les plus fombres pratiques,
Que fomente l'audace en les diffimulant.

Faut-il que mon ame enchantée
N'ofe encor peindre en toi le Sage, le Héros,
Qui du Palatinat affuroit le repos,
  Au fein de l'Europe agitée?*
  Dans mon devoir de t'honorer,
Je viens du moins t'offrir les Hymnes qu'elle enfante,
De Maîtres qu'on adore image triomphante
  Que toi même fais adorer.
Me taire cependant, quel outrage à ta gloire!
Je chanterois ton goût pour le charme des Vers,
Ton efprit cultivé, ton heureufe mémoire,
Admirable tréfor de Chef d'œuvres divers;
  Ta connoiffance de l'Hiftoire
  Iroit étonner l'Univers.
Dans mon zèle, il eft vrai. je me fais violence
  De ne point éclater pour toi;
Mais tes rares talens, trop audeffus de moi,
  M'impoferont toujours filence.
De tes foins careffans daigne honorer les Arts;
Ils firent de ton cœur les plus chères délices;
  Leur Temple ouvert fous tes aufpices
  En plaira mieux à nos regards.

E 5

* Dans la dernière guerre de 1760. le Palatinat jouiffoit de la paix, au milieu des Armées.

ODE
LE TEMPLE DES ARTS,

OU

LA COUR PALATINE
EN 1768.

———————

Si jamais dans son vol sublime
Le feu divin qui nous anime
Immortalise un noble cœur,
C'est aujourdhui que dans mon ame
Le Dieu des Vers soufflant sa flame
Doit m'eternifer en vainqueur.

Déja sous mes yenx triomphante,
Par les prodiges qu'il enfante,
Paroît la foule des Beaux-Arts;
C'est sur le char de la Victoire
Que pour les couronner la Gloire
Les rassemble de toutes parts.

Dans certe pompe solemnelle
Les Talens marchent avec elle,
Environnés de sa splendeur;
Par un aimable caractère,
Toujours leur brillant ministère
D'un Peuple annonce la grandeur.

Que vois-je ? à la Cour Palatine,
Pour qui mon encens se destine,
Leur trône éblouit les humains;
Par de nouveaux transports saisie,
Au dessus d'eux la Poésie
Fait briller leur sceptre en ses mains.

Telle sur le Trépié Delphique,
Exhalant son feu poétique,
La Pythie étonnoit les yeux,
Quand palpitante, échevelée
Elle alloit loin d'eux envolée
Chercher des secrets dans les Cieux.

Mais la Fille de l'Harmonie,
Sur l'aîle altière du Génie,
Porte son vol au haut des airs,
Et par une route inconnue,
Montant sur un trône de nue,
Brave la foudre & les éclairs.

Dans la région du tonnerre,
C'est là que contemplant la Terre,
Où siégent les bords Palatins,
Elle même en Reine s'admire
Parmi les Arts dont cèt Empire
Couronne ses fameux destins. *

* L'Eloquence est la Reine des Arts, & la Poésie, proprement
dite, n'est que l'Eloquence qui parle en Vers, au lieu de parler en
Prose. On affecte à celle-ci le Langage des Dieux ; mais la gloire &
la beauté leur sont communes. Chose étonnante ! il est des esprits
mal tournés, qui n'aiment point la Poésie; comme si ce n'étoit pas,
l'Eloquence même. On peut les comparer l'une & l'autre à de la Musique & du Plain-Chant, du moins pour des oreilles bien organisées:
la Musique doit avoir la préférence & tant pis pour ceux qui n'aime-
roient que le Plain-Chant !

Que je vous chante , leur dit - elle,
Beaux Rejetons , Race immortelle,
L'amour de la Terre & des Cieux !
Avec moi dès qu'il vous fît naître ,
Le Monde heureux fembla connaître
Et gouter le bonheur des Dieux.

Ce font les Dieux qui dans le Monde
Portèrent la tige féconde
Des Arts confacrés aux Mortels ;
Par ces Enfans de l'Induftrie,
Ornant à l'envi leur Patrie,
Ils méritérent des autels.]

Dans la néceffité preffante,
Au fein de la paix renaiffante,
Nous fommes éclos par leurs foins ;
Si notre objet fut la Nature ,
Servons toujours fans impofture
Ou fes plaifirs ou fes befoins.

Chacun dans fa marche applaudie
La fuit , l'obferve , l'étudie,
Jaloux de la repréfenter ;
C'eft la Vénus qui fur fes traces
Nous appelle ainfi que les Graces,
Pour l'embellir ou l'imiter.

O ! vous qui fiers Rivaux de l'Aigle,
Et prenant le Deffin pour régle

Portez fa gloire jufqu'aux Cieux,
Je vais en vous donnant l'exemple
Par vos mains éléver un Temple,
Dont nos Souverains foient les Dieux.

Que dans l'Enceinte la plus vafte
Régne la grandeur, mais fans fafte,
Sous l'air de la fimplicité;
L'Art doit embellir la Nature
Et dans l'heureufe Architecture
Servir de grace à la beauté.

Je veux que dans le Sanctuaire
L'adroit Cifeau d'un Statuaire,
Phidias du Palatinat,
En marbre nous offrant nos Maîtres,
Plus grands encor que leurs Ancêtres,
Eclipfe tout par leur éclat. *

Que des Lambris allégoriques,
Ornés de fcénes hiftoriques,
Deviennent des Plat-fonds favans;
Sous les pinceaux de nos Apelles,
Rendez nous, Couleurs immortelles,
Les Grands hommes toujours vivans.

Il faut par vous dans la Peinture
Que tout jufqu'a la Mignature

---

* L'auteur caractérife en paffant un grand nombre d'excellens Artiftes, qu'il employe à la perfection de fon Temple des Arts, comme
les Pigaches pour l'Architecture, les Verchaffelt pour la Sculpture, les
Krahes pour la Peinture hiftorique, les Fratrels pour la grande Mignature, les Holtzbaurs pour la Mufique, les Squaglio pour les Décorations de Théatre, les Bouquetons pour les Ballets, & tant d'autres
Maîtres, tous admirables dans leur genre.

Soit l'image de leur fplendeur;
Pour des Souverains adorables,
Les Artiftes font préférables,
Qui fauront peindre la grandeur.

A l'afpect d'une autre merveille
L'admiration fe réveille;
Toute la Terre applaudira:
La Peinture ici fe contemple
Et là dans le Parvis du Temple
S'eléve un fuperbe Opéra.

Vous, Illufion théatrale,
Et vous, Puiffance muficale,
Déployez y tous vos tréfors;
Par des Tableaux Chorègraphiques,
Que toujours nos Fêtes publiques
Soient des miracles fur ces bords.

Un Théatre auffi beau que j'ouvre,
Où moins d'appareil fe découvre,
Mais avec plus de vérité,
Met aux Chef d'œuvres de la France,
Par une heureufe préférence,
Le fceau de l'Immortalité. *

* On défigne ici la Comédie, où joue une des meilleures Troupes de France; n'y reprefentant que les plus belles Piéces. Il s'y
trouve d'excellens Acteurs, & furtout une Actrice incomparable pour
l'univerfalité des talens. Il fuffiroit de nommer l'Opera de la Cour Palatine, pour avoir l'idée du beau, du grand, du parfait: de toutes les parties qui le compofent, pour concourir à l'effet, réfulte un
Corps de fpectacle prodigieux, furtout quand la Piéce eft belle, par
elle même, & que les Ballets font héroïques. Les Décorations n'y
manquent jamais d'être admirables.

Plus loin les Filles de Mémoire,
De la Nature offrant l'Hiftoire,
Enchanteront l'œil curieux;
Qu'une favante Académie,
Chaffant l'Ignorance ennemie,
Y forme un Corps victorieux.

Une Bibliothéque immenfe,
Où régne la magnificence,
Annonce le Maître éclairé;
Mais une Cour refpectueufe,
Dans fa grandeur majeftueufe,
Préfente le Maître adoré.

Des Antiquités mémorables,
Et des nouveautés admirables
Doivent briller de toutes parts;
Que les Chef d'œuvres, les prodiges,
Naiffans partout fur nos veftiges,
Achèvent le Temple des Arts. *

Par les plus éloquens fuffrages,
Par les plus éclatans ouvrages,
O! Beaux-Arts, réuniffons nous,

* Parmi les merveilles du Temple que l'Auteur accumule, il eft
facile de reconnoître la fuperbe Galerie de Peinture, le riche Ca-
binet des Medailles & Raretés, la magnifique Bibliotheque, le Cabi-
net fi curieux d'Hiftoire naturelle, la nouvelle Académie dés Scien-
ces, &c. &c. tous Etabliffemens faits par leurs A. S. E. P. & qui
font autant d'Embelliffemens de la Cour Palatine, qui les renferme
dans fon Enceinte, ainfi que la Comedie & l'Opéra : Ce qui réelle-
ment fait de cette Cour une efpéce de Temple des Arts, qu'on ne
trouve point ailleurs, parcequ'on n'y trouve point tant de belles cho-
fes raffemblées dans le même Palais.

Et couronnons ce Maître même,
Qui ne ceignit le diadéme,
Que pour les mieux protéger tous.

Tel doit paroître ce beau Temple,
Dont les Tems n'ont point vû d'exemple,
Et qui furprendra l'avenir;
Que cette Merveille du Monde,
Sortant de ma tête féconde,
Commence pour ne point finir . .

Mais que fais - tu, Verve-infenfée?
Laiffant égarer ma penfée,
Tu peins la Palatine Cour;
On la reconnoît toute entière,
Ainfi qu'a fa vive lumière
On reconnoît l'Aftre du jour.

D'un prodige image fidèle,
Cette Cour même eft le Modèle,
Sur qui repofe ton flambeau,
Et la fublime Poéfie,
Dans fa plus haute fantaifie,
N'imagine rien de plus beau.

Ceffons, ceffons de feindre encore
Un Temple que mon art décore
De tout ce qui pare les Cieux;
Hélas! dans une Cour fi belle
Si la vie étoit immortelle,
Ce feroit l'Olympe des Dieux.

Brillez,

Brillez, Beaux arts qu'ils firent naître;
Vous avez pris le goût pour maître,
En prenant la gloire pour but;
Tous nés Sujets de l'Harmonie,
Vous triomphez par le Génie,
Dont la victoire eſt l'attribut.

En Créateur il fit éclore
Un nouveau Monde qui s'honore
A ſentir vos attrais puiſſans;
Monde, où commande en Souveraine
L'Illuſion qui nous entraîne,
Par le charme éternel des ſens.

La Terre entiére eſt votre Empire;
Regnez ſur tout ce qui reſpire,
Comme des Eſprits enchanteurs;
Dans votre pitié généreuſe,
A l'Humanité malheureuſe
Servez d'Anges conſolateurs.

Art de Bellone, en ton vrai luſtre,
Viens occuper un rang illuſtre,
Comme le bras du Potentat;
Art de la Paix, o! Politique,
Du Temple ſois l'Oracle antique
Et la Minerve de l'Etat.

Et toi, Thèmis ſi reſpectable,
Lève ton glaive redoutable,

F,

Jufque fur la tête des Grands:
Vertu, regnez en Favorite;
Par l'Ordre augufte du Mérite,
Vous brillerez dans tous les rangs. *

Ainfi d'une voix triomphante
Je chantois la pompe eclatante
De ces nobles Enfans des Dieux;
Ils encourageoient mon audace
Et fur leur immortelle Race
La Gloire fixoit tous les yeux.

Au Souverain qui les raffemble
Les Beaux - Arts, les Talens enfemble
Doivent leurs miracles divers;
A regner fon goût les deftine,
Leur Trône eft la Cour Palatine,
Quand leur Empire eft l'Univers.

---

* L'Auteur défigne ici l'établiffement de l'Ordre du Lion, par
S. A. S. E. le 1. Janv. 1768. Cèt Ordre peut bien s'appeller l'Ordre
du Mérite, *Merenti*, puisqu'il ne s'accorde qu'aux grands & longs
fervices rendus à l'Etat. C'eft encore une manière d'etabliffement fo-
lide & vertueufe, qui rentre dans la bonne Politique & qui contribue
au bien de l'humanité.

A

S. E.

M. Ô DUNNE,

MINISTRE PLÉNIPOTENTIAIRE DE FRANCE

A LA COUR PALATINE,

POUR

LUI PRÉSENTER L'ODE SUIVANTE

EN 1768.

Cèt homage est pour toi , dont l'ame impartiale
  Met dans la balance du goût
  Les beautés qu'un Chef-d'œuvre étale;
C'est l'œil de la Raison qui chez toi règle tout.
  Le Spectacle que je découvre
  Cherche tes regards satisfaits,
  Pour les enchanter par le Louvre,
Ce Roi des Monumens que le génie a faits.
Un prodige de l'art & que l'art fait renaître
  Se montre en toute sa beauté;
  A son auguste majesté
  Tu vas encor le reconnaître.
Honore d'un coup d'œil, parmi tes soins divers,
  Ce Palais des Rois que j'achève;

F 2

Quand mon Apollon le relève,
C'eſt pour en charmer l'univers.
Il le doit, il le peut, ſi le brillant ſuffrage
D'un Miniſtre éclairé, connoiſſeur tel que toi,
Couronne de deux Rois l'ouvrage,
Qu'il te préſente ainſi par moi.

ODE

L'ACHÉVEMENT DU LOUVRE,

EN 1753.

Ce Roi dont l'univers admira la puiſſance,
Quand il rempliſſoit tout de ſa magnificence,
Sur un char de lumière emporté dans les Cieux,
Qu'il embellit par ſa préſence,
Jouiſſoit d'un bonheur réſervé pour les Dieux.

La foule des Beaux-arts, qu'il plaça ſur le trône,
Formoit comme un Soleil autour de ſa Couronne,
Et ſur tant de mortels ſes bienfaits répandus,
Parmi l'eclat qui l'environne,
Lui rappelloient des jours qu'il n'avoit pas perdus.

Le héros ſouriant à l'aſpect de ſa gloire,
Que par les mains d'Hébé lui préſentoit l'Hiſtoire,
D'un front inaltérable, où régne la ſplendeur,
Avec tout l'air de la Victoire,
Contemploit cent Travaux, empreints de ſa grandeur.

Il regardoit furtout d'un œil de complaifance
Ces Monuments pompeux, dont s'honore la France,
Ces Afyles de Mars, ces Palais renommés,
    Où fa royale bienfaifance
Raffembla les Talens par lui même formés.

    Mais du Louvre imparfait l'image douloureufe
Frappa d'un trait cruel fon ame généreufe,
Et fembloit reprocher au plus puiffant des Rois,
    Dans fa vieilleffe malheureufe,
D'avoir fous le fardeau fuccombé cette fois.

    Près du Monarque étoit ce Miniftre fidèle,
Que choisît la Vertu, pour être fon modèle,
Ce Colbert comme lui la gloire des mortels,
    Qui magnanime dans fon zèle
Comme lui parmi nous mérita des autels.

    Son cœur impatient de fervir la Patrie,
Tout prêt à rallumer les feux de l'induftrie,
Se contenoit à peine en fon zèle enflamé;
    Pendant l'heureux cours de fa vie,
C'eft le fouffle divin dont il fut animé.

    Ah! dit-il à fon Maître, offenfé de l'outrage,
Pour achever ta gloire achevons ton ouvrage;
Louis, ne fouffrons point qu'un Chef-d'œuvre fi beau,
    Qui de la Terre eût le fuffrage,
Demeure enféveli dans l'ombre du tombeau.

De l'Empire Français le Louvre eft la Merveille;
Le Soleil dans fa courfe en voit-il de pareille,
Lorfque de l'Orient fes regards adorés,
     Aux bords où l'Aurore s'eveille,
Parcourent cent Palais des mortels admirés?

Un Roi triomphateur, qui fent ta noble flame,
Non moins que de ton fceptre héritier de ton ame,
Trouvant fa propre gloire à remplir des projets,
     Qu'un fi cruel oubli diffame,
Doit couronner enfin les vœux de fes Sujets.

Ceque tu commenças, grand Roi, ton fils l'achève;
Parle & que fa grandeur fur la tienne s'elève;
Le Louvre eft un prodige en fes murs renaiffans,
     Et fon nom feul, s'il fe relève,
Peut immortalifer deux Monarques puiffans ..

C'eft ainfi qu'à fon Maître infpirant fon courage,
Colbert de la victoire empruntoit le langage;
A des trais fi frappans Louis fourit en Roi,
     Trop fatisfait d'un tel homage;
Pour Colbert ce fourire eft la fupréme loi.

Sur la Terre il defcend comme un trait de lumière,
Et le feu des éclairs fillonne fa carrière;
Homère ainfi nous peint la marche de fes Dieux,
     Maîtres de la nature entiére,
Qui franchiffent d'un pas l'immenfité des Cieux.

Colbert que dévoroit l'amour de la Patrie
Et qui craignoit déja pour fa gloire flétrie,

Vole aux bords de la Seine , où le trône des Rois,
Sur une autorité chèrie,
A fondé fa puiffance & cimenté fes drois.

Des vapeurs de la nuit il forme une Ombre altière,
Figure aux yeux la France en habit de Guerrière,
Orne fa main d'un fceptre & mêle en fes regards,
Pour mieux attendrir fa priére,
La douceur de Minerve à la fierté de Mars.

Il arme fes difcours d'une force divine;
Une clarté brillante annonçoit l'Héroïne;
Mais l'azur de fa robe obfcurci par le deuil,
De l'Etoile qui la domine
Sembloit dans fon triomphe humilier l'orgueil.

Telle oubliant l'éclat de fa gloire immortelle,
Mère augufte des Dieux, l'adorable Cybèle
En imploroit le Maître à defendre engagé,
Témoin d'une douleur fi belle,
De fon Temple chéri le culte négligé.

Abordant fous ces trais le héros qui l'enchante
Et faifant retentir fa voix la plus touchante:
Digne fang de Louis, dit le Fantôme en pleurs,
Ta Mère n'eft plus triomphante;
Tu peux la reconnaître hélas! à fes douleurs.

N'entens tu pas , mon fils , ce Louvre qui t'implore?
Son travail fufpendu tous deux nous deshonore:

La France dont la voix te parle en ces momens,
O! Roi bienaimé qu'elle adore,
Joint les cris de l'Europe à fes gémiffemens.

Des Bourbons tes Ayeux laiffer périr l'ouvrage,
C'eft faire à leur mémoire un trop fenfible outrage;
Venge les, venge moi d'un reproche éclatant,
Qui doit révolter ton courage;
On peint ma foi légère & mon choix inconftant.

L'honneur du nom Français demande qu'on l'achéve;
Sur fes murs relevés mon triomphe s'eléve,
Et l'Europe adorant la ma;efté du lieu,
Si l'obftacle par toi fe lève,
Le croira le Palais de Louis ou d'un Dieu.

Quel ouvrage plus grand, plus digne de la France,
Pourroit éternifer ton règne & ma puiffance?
Vainqueur de Fontenoi, couronne tes bienfais,
Et force ma reconnoiffance
A ne trouver en toi que des travaux parfais..

Elle dit; le Monarque en foupirant admire
Le maternel amour que la France refpire
Et fon ame fenfible à la célefte voix,
Qui de la part des Dieux l'infpire,
Par fes propres défirs détermine fon choix.

Il ordonne à l'inftant que le Théatre s'ouvre;
Paris vient admirer les merveilles du Louvre;
Le Travail à grands cris appelle mille bras,
Pour chaffer l'ombre qui les couvre,
Et l'Honneur, comme un Dieu, précipite les pas.

O ! Louvre , o ! Monument d'eternelle mémoire,
Quels toits dans ton enceinte avilissoient ta gloire !
Dans le sein du néant on les fait tous rentrer;
    Ils ne sont plus; c'est la victoire,
Et l'Olympe des Dieux va bientôt se montrer.

    Devant lui, Rome, Athène, abaissez votre faste;
Quel Chef-d'œuvre offrez vous plus pompeux & plus
                vaste?
Ces Pilastres si beaux , que couvroient des débris,
    Par leur injurieux contraste,
Aux yeux du Connoisseur découvrent tout leur prix.

    Ce Plan majestueux , ces Colomnes célébres
Reprennent leur grandeur, dépouillent leurs ténébres;
Ce Monument partout frappé l'œil étonné;
    En quittant ses voiles funébres,
A paroître un prodige il étoit destiné.

    Marigny de son Roi le Ministre fidèle
Au feu patriotique allume tout son zèle;
Ce Dieu puissant l'echauffe & souffle dans son cœur,
    Avec la plus noble étincelle,
Pour l'immortel ouvrage une mâle vigueur.

    Tout vole , tout s'enflame à l'aspect de la gloire
Et le premier succès paroît une victoire;
Les toits sont décorés, les murs sont embellis *

                      F 5

* On a couronné le haut du Louvre par une trés belle Balustra-
de , qui regne tout à l'entour : les murs sont enrichis par des ouvrages de sculpture des plus grands Maîtres.

Les plus brillans traits de l'Hiſtoire
Y forment des tableaux pour l'Empire des Lys.

A peine aux ſoins divers ſuffit l'Architecture ;
Mais partout l'art ſublime enrichit la nature ;
Il répand ſur ſon front de grace environné
      Toutes les fleurs de la Sculpture ;
Comme un Roi triomphant le Louvre eſt couronné.

Colbert, de quels plaiſirs ta grande ame enivrée
Contemploit ce travail du haut de l'Empyrée ?
Que ton Maître enchanté, par toi victorieux,
      Dans ſa grandeur tant admirée,
Vît rejaillir d'éclat ſur ſon front glorieux !

Et vous, de l'Ignorance éternelle Ennemie,
Reine aimable de l'Art, brillante Académie,
Par qui le Dieu du goût voulut dicter ſes lois
      Et croyant ſa gloire affermie,
Pour ſon Temple adopta la demeure des Rois ;

Quels furent vos tranſports, quand votre œil vit
      éclore
Les beautés d'un Palais, dont le nom vous décore ?
Vous ſeuls pouvez les peindre & vous ſeuls exprimer,
      Pour un Roi que ſon Peuple adore,
Le feu, le noble feu qui dût vous enflamer :

Vous, Oracles du Pinde, Arbitres du langage,
Il n'appartient qu'a vous de chanter un ouvrage,
Qui couronne ce Roi de lauriers immortels,
      Rivaux de ceux que ſon courage
Dépoſoit en triomphe aux piés de nos autels.

Mais aumilieu du Louvre embelli par lui même,
Déployant aux regards fa majefté fupréme,
Sur un Courfier fuperbe affis en Conquérant,
    Et ceint du royal diadème,
Il viendra fe montrer tel que Louis le Grand.

Vous le verrez alors impofant à la Terre
Prefcrire d'un coup d'œil ou la paix ou la guerre,
Et le fceptre à la main commander aux Vertus,
    Laffes de porter fon tonnerre,
De voler au fecours des Mortels abattus.

Pour ces tems fortunés, O! vous, Chantres fublimes,
Réfervez de vos cœurs les tranfports magnanimes,
Quand en bronze exalté, fur ces bords triomphans,
    Louis par cent drois légitimes
Paroîtra comme un Père aimé de fes Enfans.

Ce n'eft point la grandeur qui les rend adorables
Ces Rois, dont nous chantons les travaux mémo-
          rables,
Pour transmettre leur gloire à la Poftérité;
    Les grands Rois à tous préférables
Doivent à leurs bienfaits leur immortalité.

A

S. A. S. E. P.

CHARLES - THÉODORE,

POUR

Lui présenter l'Ode suivante

en 1768.

———————

J'ai pû dans mon premier homage
T'offrir de Frederic les trais victorieux;
De Maurice l'eclat n'eft pas moins glorieux
    Et je t'en offre ici l'image.
La paix fouvent fatale à ces enfans de Mars,
Qui n'aiment que les Camps, les combats, les hazards,
    A Maurice encor plus funefte,
    Eût bientôt creufé fon tombeau;
    Victime du couroux cèlefte,
La France hélas! perdit fon foutien le plus beau.
    Grand Prince, voilà fon hiftoire;
    Telle à peu près brille la gloire
De tous ces Conquérans que vante l'univers:
Ils nâquirent partout, & des antres de l'Ourfe
Les fléaux déchainés dans les climats divers
    Renverférent tout dans leur courfe.
    Mais grands Dieux! que les Souverains,

Qu'on voit à ton exemple exterminant la guerre
Vouloir répandre fur la terre
De la paix les regards fereins,
Et du regne des arts le bonheur véritable,
Ont un éclat plus noble & bien plus refpectable!
Que l'on en compte peu parmi tous les humains!
La Vertu même dans leurs mains
A remis fon fceptre équitable.
Prodigues en grands Cœurs qui portent le trépas,
Les Parques en bons Rois furent toujours avares;
Les Péres du Peuple font rares,
Ses Deftructeurs ne le font pas.

ODE
LE
TOMBEAU DE MAURICE,
COMTE DE SAXE,
MARÉCHAL DE FRANCE,
EN 1760.

Il tombe ce foudre de guerre,
Pâle victime du trépas,
Qui lui même effrayant la Terre
Répandoit la mort fur fes pas;
Il tombe & le glaive coupable
D'un Monftre hélas! inévitable,
Aux yeux couverts d'un voile épais,
Frappe ce Mortel redoutable,
Jusque dans les bras de la paix.

Ah ! fi quelque talent fublime
Pouvoit être un rempart certain
Contre la fureur & le crime
De l'impitoyable Deftin,
De quel héros la Valeur même,
Mife audeffus du Diadéme,
Parmi les plus fameux Guerriers,
Mérita mieux ce droit fupréme,
A l'ombre de tous fes lauriers.

Français, c'etoit peu que Maurice
Eût à la grandeur de fon Roi
Offert comme un beau facrifice
Raucoux, Lauffelt & Fontenoi ; *
C'etoit peu que dans fa carriére
Son bras renverfant la Barriére,
Qui s'oppofoit de toutes parts,
Eût fait à fa marche guerriére
Trembler pour fes derniers Remparts. **

Il falloit encor que la France,
Fiére à l'abri de fon héros,
Goutât dans fa noble affurance
Une inaltérable repos,
Et que fa grande Renommée,
Par tant de Conquêtes formée,

---

* Trois fameufes batailles remportées par le Comte de Saxe, fous les Ordres de Louis XV. qui marchoît à la tête de fes Armées.

** La Barriére confifte en grand nombre de Places fortes fous la Garde Hollandoife : on l'appelle ainfi dans les Traités & dans l'Hiftoire.

Contenant vingt Peuples divers,
Comme une formidable Armée,
Pût impofer à l'Univers.

Le bras d'Hercule étoit fans doute
A tous les Monftres moins fatal;
Quels noms pour fervir de Redoute,
Que Maurice avec Lovendal!
L'un alloit gagner des batailles;
L'autre foudroyoit des murailles,
Sur fon paffage enfanglanté;
Inftruit par tant de funérailles,
L'Anglais fuyoit épouvanté.

J'ai vû l'Europe en leur préfence
Pâlir cent fois d'etonnement
Et la Terre dans le filence
En attendre l'evénement:
Enfin la difcorde étouffée,
En leur élevant un trophèe,
Laiffoit refpirer les Mortels,
Et la main de plus d'un Orphée
Bruloit l'encens fur leurs autels.

C'eft alors qu'un trait homicide,
Lancé dans le fein du repos,
O ! Mort, pour eux lâche & perfide,
Vole & frappe ces deux héros; *

* Tous deux morts de maladie pendant la paix , à peu de diftance l'un de l'autre.

Pourquoi refpecter lcur courage,
Quaud Mars précipitant l'orage
Ils affrontoient les coups du fort?
Eft-ce donc pour faire naufrage,
Que la Victoire ouvre le port ?

Vous n'êtes plus, héros fublimes,
Et notre foible humanité
Fit fléchir vos cœurs magnanimes
Sous le joug de l'infirmité ;
Tel ce fils ardent de Bellone,
Qui triompha dans Babylone,
Y vit éteindre fon flambeau,
Et c'eft la palx du haut du trône
Qui le fit defcendre au tombeau. *

Maurice en fon apothéofe,
Sur l'Olympe des Dieux monté,
Près d'Hercule à peine repofe,
Au fein de l'Immortalité ;
Soudain le torrent de la guerre
Vient inonder toute la terre,
Comme un déluge impétueux ;
L'Anglais rallumant le tonnerre
Frappe cent coups tumultueux.

La fureur partout fe déchaine,
Mars n'enfante que des revers,

Où

* Alexandre après toutes fes Conquêtes & fes toi triomphes mourut dans fon lit à Babylone.

Où chacun voit fa mort prochaine
Et le malheur de l'Univers;
L'affaffinat au nouveau Monde
Devient un droit fur qui fe fonde
Le bras du fier Ufurpateur
Et dans une horreur fi profonde
Le crime eft le Triomphateur. *

Dites nous, o ! fuperbes Têtes,
Auteurs de ces débordemens,
Qui penfez avoir les tempêtes
Au gré de vos commandemens;
Qui de vous eût ofé paraître,
Si Maurice en fervant fon Maître
Eût feulement pû fe montrer?
Dans la poudre qui vous fit naître
Ne vous eût-il pas fait rentrer?

L'Olympe étoit peu redoutable
Pour les Titans audacieux,
Et leur Phalange épouvantable
Alloit efcalader les Cieux:
Que le feul Maître du tonnerre
S'avance armé pour cette guerre,
Comme un invincible Géant;
Voilà ces Enfans de la Terre
Enfévelis dans le néant.

G

---

* Cette guerre ne fut dans le commencement qu'un horrible bri-
gandage ; tout le monde fait l'affaffinat de M. de Jumonville par les
Anglais du Canada : le beau Poéme de M. Thomas l'a fait affez connoître en France & partout.

Partout fe répand l'infortune,
Au gré des barbares deftins
Et cette image m'importune
Jusque fur les bords Palatins;
Je vois la France défolée,
Comme une Mère échevelée,
Souffrir les tourmens de l'Enfer;
La Victoire s'eft envolée;
Elle n'a plus fon Jupiter.

Que tu preffentois bien le terme
De ces triomphes dangereux,
Que Maurice d'un bras fi ferme
Affura par fes coups heureux!
O! Pigal, ton art prophétique,
Ouvrant ce Tombeau poétique,
De la France a peint les douleurs,
Et cette image allégorique
N'eft qu'un tableau de fes malheurs.

L'Horloge du Tems en perfonne,
Sans le fantôme de la Mort,
Tenant fa faulx qui nous moiffonne,
Peut annoncer l'arrêt du fort:
Pour figurer dans la Sculpture,
Rivale & fœur de la Peinture,
Un Squélette eft trop révoltant;
L'art doit choifir dans la nature,
S'il veut nous plaire en l'imitant.

Mais que les paſſions ſont belles
Dans ce Tombeau repréſenté !
Tout parle, tout agit par elles ;
Que de force & de vérité !
Oui cette Scène attendriſſante,
Pour l'Univers intéreſſante,
Devroit paſſer en mes écrits ;
Dieux ! que la Patrie eſt preſſante
Dans l'éloquence de ſes cris ! *

Arrête, o ! mon héros, arrête ;
Tu deſcendrois pour mon malheur ;
C'eſt dans ton bras, c'eſt dans ta tête
Que réſide tout mon bonheur :
C'en eſt fait, ſi tu m'abandonnes,
Et les vertus que tu me donnes
Eteindront bientôt leur flambeau ;
Autant faut-il que tu m'ordonnes
De te ſuivre dans le tombeau.

Et toi, Vieillard impitoyable,
Qui marques l'inſtant de la mort,
Retarde cette heure effroyable,
Par qui m'immoleroit le ſort :
C'eſt pour un héros qu'elle adore
Que la France en larmes t'implore ;

G 2

* Ce ſculpteur célébre avoit expoſé au Louvre ſon Modéle du
Tombeau de Maurice que l'Auteur rappelle ici, mais eu ſubſtituant
au hideux Squelette de la Mort, la figure plus pittoresque du Tems,
avec ſa faulx & ſon horloge.

Veux - tu par ta barbare loi
Que le même tombeau dévore
Et Maurice & Louis & moi?

Frappez, frappez, fi la victime
Se rachéte par cent trépas ;
Mon facrifice eft légitime . .
Mais quoi ! vous ne m'ecoutez pas,
Dieux cruels ! contre mon Empire
Votre vengeance enfin confpire ;
Vous êtes las de protéger
Un trône heureux où je refpire,
Que tous les maux vont affiéger . . *

Mais malgré les cris de la France,
Soumis au Tems impérieux,
Maurice à fa mâle affurance
Croit ces tranfports injurieux :
Comme s'il marchoit à la gloire,
Et que ce fut une victoire
De gouter l'eternel repos,
Il defcend dans la tombe noire,
Avec la fierté d'un héros.

Hercule en fa douleur profonde
Refte abforbé près du tombeau,

* Ce Modèle de tombeau confiftoit en quatre perfonages grands comme nature ; le héros qui marchoit fièrement au Cercueil : la France épouvantée qui l'arrêtoit ; la Mort en Squelette qui preffoit le fatal inftant ; Hercule qui rêvoit profondément fur la tombe : tout Paris courut à ce fpectacle. L'auteur fait ici parler la France comme elle fembloit parler dans le Modèle & relativement à l'avenir.

Son oubli des Monſtres du monde
Ne ſoutient plus un nom ſi beau:
Son ame languit abattue;
Laiſſant oiſive ſa maſſue,
Il ſuſpend ſes Travaux divers,
Et dans le chagrin qui le tue
Renonce à venger l'Univers.

Toujours ſuivi de la victoire,
Le fils d'Alcmène a combattu;
C'eſt le ſymbole de la gloire,
C'eſt l'embléme de la vertu:
Jamais une valeur ſi rare
Sur la terre ne ſe répare
Et ce héros, maître du fort,
Força les portes du Ténare,
Mais il n'a pû vaincre la mort.

Voilà les ſublimes idées,
Que rend le langage des Dieux,
Par qui nos ames ſont guidées;
Mais le Tombeau parle encor mieux:
O! Strasbourg! O! Cité célébre,
Du Boriſthéne juſqu'a l'Ebre,
Ce grand homme eſt digne de toi;
Décore ſa Pompe funèbre,
Avec les larmes de mon Roi. *

G 3

* La mort du Comte de Saxe fut pleurée du Roi de France, qui ſentit bien ce qu'il perdoit: C'eſt à Strasbourg que doit-être le Tombeau de Maurice.

Ah! qu'il eſt beau de les répandre
Ces pleurs, ces héroïques pleurs!
Quoi! Maurice n'eſt plus que cendre?
Je le vois trop à nos malheurs:
Louis, aux chams de la Victoire,
Heureux compagnon de ta gloire,
De ton triomphe il fut l'appui,
Et dans les faſtes de l'Hiſtoire
La valeur te rejoint à lui.

D'un Alcide que tout révère,
Après tant de Travaux parfaits,
Si la mémoire nous eſt chère,
Honorons la par de hauts faits:
Ombres des Barvicks, des Turènes,
Ames en vertu ſouveraines,
Il eût ſouhaité votre ſort;
Mânes des Villars, des Eugénes,
Il a partagé votre mort. *

O! toi, des tombeaux le modèle,
Grande image des paſſions,
Chef d'œuvre où mon pinceau fidèle
A puiſé leurs illuſions,
De l'Univers remplis l'attente;
Achéve ta pompe éclatante,
Préférable à ces Monumens,
Dont Memphis au travail conſtante
Eterniſa les fondemens. * *

* Barvick & Turenne furent tous deux tués d'un coup de Canon,
l'un dans la Tranchée de Philipsbourg, l'autre à la découverte d'un
Poſte. Eugéne & Villars ſont morts dans leur lit.
** Les Pyramides de l'Egypte furent elevées d'abord pour ſervir
de tombeaux aux Rois.

Du fameux Tombeau de Mausole
Toute la Terre a retenti ;
D'une Reine qui se désole
Ce coup superbe étoit parti :
Pour le triomphe quel contraste !
La France en pleurs peut bien sans faste
D'Artemise éclipser le rang ;
Le Mausolée étoit plus vaste,
Mais le Héros étoit moins grand. *

Maurice au sein de la Victoire,
S'enorgueilliffant de ses drois,
Auroit pû prétendre à la gloire
De reposer parmi les Rois :
Turène lui montroit l'exemple ;
Mais qu'importe que dans leur Temple
Ses Mânes leur soient réunis ?
Partout la Vertu se contemple ;
Strasbourg devient un Saint-Denis.

Puisse l'Ombre d'un si grand homme,
En s'admirant dans ce Tombeau,
Lui que Bellone à jamais nomme,
Ponr être son divin flambeau,
Redonner à la France même
L'Art de vaincre, cèt Art suprême,

G 4

* Le tombeau de Mausole , Roi de Carie , par Artemise son épouse , étoit grand comme une ville & passoit pour une des sept Merveilles.

Dont fa grande ame nous fit part!
Maurice eft dans fa gloire extréme
Le Maître & le Héros de l'Art. *

A

S. E.

M. LE BARON DE RODENHAUSE,

GRAND ECUYER DE S. A. S. Me. L'ELECTRICE,

CHEVALIER DE L'AIGLE-BLANC, GÉNÉRAL

DES TROUPES PALATINES &c.

E P Î T R E

AU SUJET DE L'ODE SUIVANTE,

EN 1768.

───────────

Je fais que par un choix étrange
Ton oreille redoute un difcours enchanteur
Et qu'aux premiers accens que t'adreffe un Auteur
    Tu crains d'entendre la Louange,
    Qui te parle d'un ton flateur.
Je fais auffi qu'un Sage, un Héros, un Grand homme
    Peut bien l'être fans écouter
    La voix qui prétend le flater

---

* Son excellent ouvrage a pour titre : Les *Rêveries du Comte de Saxe* &c. parcequ'il le compofa pendant une fiévre qui ne le quittoit point ; ce doit être le Bréviaire des Guerriers.

Dans un éloge adroit, où tel on le renomme,
Et qu'il fuffit de mériter.
Ne crois pas toutefois en ta rigueur extrème
Echaper au charme fupréme,
Trop ordinaire effet des homages divers;
Ton cœur, pour être peu fenfible
A l'immortel encens de la Profe & des Vers,
Ne fe rend pas inacceffible
Aux louanges de l'Univers.
Oui l'Univers te chante & par la voix publique
Je te vois malgré toi flaté
Combattre cette volupté
Dans ton ame philofophique:
Comme toi d'un pas héroïque
Au rang le plus illuftre être en effet monté,
Jouir de tant d'honneurs & l'avoir mérité,
C'eft le plus beau Panégyrique.
N'eft-ce pas te vanter d'ailleurs de ta raifon,
Quand la Louange éclate & déja te careffe,
En préparant fa douce ivreffe,
Que de fuir d'un Flateur le dangereux poifon?
Condamner fans retour la voix enchanteteffe
De cette Sirène traîtreffe,
Dont on aime la trahifon,
C'eft applaudir fans doute à fa propre fageffe.
Rodenhaufe, il faut l'avouer;
La modefte vertu de ton erreur fe joue,
Et lorsqu'ainfi lui même un Grand homme fe loue,
Il peut bien s'entendre louer.

A des trais éclatans tes yeux vont reconnaître
　　　Mes Héros & mes Protecteurs,
　　　Que je t'offre en Dieux bienfaiteurs :
Avec eux dans ta gloire on te verroit paraître,
　　　Si le Ciel ne t'eût pas fait naître
Fier ennemi des Vers, que tu crois imposteurs ;
　　　Comme si des Adulateurs
　　　Apollon même étoit le Maître.
Mais entens, pour l'honneur de la Divinité,
　　　Pour l'honneur de l'Humanité,
　　　Cent trais sur ce point te répondre :
　　　Des couleurs de la vérité,
　　　Dans toute leur réalité
　　　Je les peindrai pour te confondre.
Si dans ta crainte encor tu condamnes les Vers,
A la voix de l'Histoire imposons le silence,
　　　Et par la même violence
　　　Fermons la bouche à l'Univers :
Plus de justice alors, qui chez nous se dispense ;
　　　Le Vice reste sans travers
　　　Et la Vertu sans récompense.

ODE

DITHYRAMBIQUE, *

LA

RECONNOISSANCE

DE L'HOMME DE LETTRES,

EN 1762.

Oui c'eſt un Dieu dont la puiſſance
Me force à reſſentir ſes coups victorieux;
Profanes, loin de moi! reſpectez ſa préſence;
Dans mon ſein palpitant quel ſouffle impérieux!
Je le vois; c'eſt le Dieu de la Reconnoiſſance;
Il m'agite, il m'echauffe & répand ſur mes Vers,
De cadence divers,
Les trais brulans de ſa flame;
A peine lui ſuffit mon ame,
Pour exhaler ſes feux dans l'Univers.

Par vous, Graces reconnoiſſantes,
En nouveau Prêtre d'Apollon,
Je vais ſacrifier aux Graces bienfaiſantes;
Leur Temple m'eſt ouvert ſur le ſacré - vallon:

---

* Laureà donandus Apollinari,
Seu per audaces* nova Dithyrambos
Verba devolvit, numerisque fertur
Lege ſolutis . .

Horace parle ainſi de l'Ode Dithyrambique de Pindare; ce qui
ſuffit pour juſtifier la hardieſſe de l'Auteur dans la compoſition de ſes
Strophes irréguliéres.

Aux trais de la vertu je vous ferai connaître,
Vous ardens Protecteurs , fecourables Amis,
   Dieux tutélaires de mon être ;
   A travers des flots d'ennemis,
Venez briller par moi dans ce beau Temple admis ;
Comme des Immortels vous y devez paraître.

   Enfin la tempête n'eft plus
Et fur l'aîle des vens s'envolent les nuages ;
Les plus rians foleils fuccédent aux orages ;
Mes tranquiles deftins font au Ciel réfolus :
C'eft le Palatinat qui fixe la fortune
   De ma courfe importune ;
France, épargne à mon cœur des regrets fuperflus ;
Je retrouve un Empire, où regne l'Harmonie,
   Où les fruits du génie
   Seront récompenfés & lûs.

  Eclatez, mes tranfports, quand mon bonheur com-
     mence,
Ce bonheur fur la terre hélas ! tant défiré,
   Calme heureux du Sage adoré,
  Que donne des Dieux la clémence,
Mais de l'Ambition près du Trône ignoré :
Mortels , ainfi que moi bornez vos vœux extré-
     mes,
Pour gouter un repos fait pour tous les humains ;
Vivez contens de peu ; par vos efforts fuprémes,
   Soyez Rois de vous mêmes ;
  Votre bonheur eft en vos mains.

A ton Maître & le mien permets que je m'adreſſe,
Avant de m'epancher dans ton ſein généreux,
Cher Comte, * ſers toi même un tranſport qui me
preſſe;
Ah! ſi je n'exhalois ma joye enchantereſſe,
Je ſerois encor malheureux:
Au gré de la Philoſophie,
Loin des honteux égaremens,
Dieux! votre main pêtrit des plus beaux mouvemens
Mon ame qui s'elance & qui ſe purifie
Au feu divin des ſentimens.

Je te dois ce triomphe, O! reſpectable Maître;
Par les plus nobles coups ton bras ſe fait connaître,
Quand il relève ainſi les Mortels abattus;
Tu veux en m'aprochant du trône des Vertus
Me faire contempler dans tes trais que j'adore
Ceux qu'on adoroit en Titus,
Dont l'Univers jouit encore;
Pour faire des heureux, pour ne perdre aucun jour,
Pour être du Monde l'amour,
Titus, Titus revit en Charles - Théodore.

Après l'horreur d'une profonde nuit,
Qui ſous le voile épais d'une vapeur obſcure
Envelopoit le ſein de la nature
Et le céleſte feu qui dans l'ombre nous luit,

---

* M. le Comte de Couturelle, le même dont il eſt parlé ci-deſſus,
& le premier Ami de l'Auteur à la Cour Palatine, fut pour ainſi dire
l'ame de tous les mouvemens qui ſe font faits à cette Cour, pour lui
procurer un ſort convenable à l'Homme de Lettres - Philoſophe.

Si le Père du jour, annoncé par l'Aurore,
Paroît comme un Vainqueur fur fon char radieux,
          Soudain c'eft le Maître des Dieux,
C'eft l'eternel Flambeau que l'œil du Sage adore,
          Et fon encens s'elève aux Cieux
          Pour la clarté qu'il voit éclore.

          Auteurs brillans de mon repos,
Vous à qui fur ces bords je dois un nouvel être,
Dans votre grandeur d'ame on m'admire peutêtre;
          Vous êtes tous deux mes héros,
          Comme tous deux vous devez l'être :
Les Dieux fur votre zèle ont fondé leur décret;
J'en crois la Vérité, dont le promt miniftére
Me révéle en riant ce bienheureux fecret;
          Sous les drapeaux du Triomphe difcret,
          L'Amitié tendre a conduit le myftére. *

     Quels flambeaux me luiront fur le vafte Océan,
          Où vogue aujourdhui ma Nacelle?
Souvent le Dieu des mers, en perfide Tyran,
Renverfe au fein des flots le Nocher qu'il appelle;
          Mon Phare fera Galléan,
          Et mon Etoile eft Couturelle :
Ces deux Aftres jaloux de leur célefte emploi
Sauront dans la nuit fombre éclairer mon courage;

---

* On laiffe ici fubfifter les fentimens & les caraftéres, tels qu'ils paroiffoient alors par les actions & les circonftances, qui font nos feules regles pour en juger. L'Auteur avoit de puiffans Ennemis ; il fut d'abord penfionné de la Cour Palatine, par l'heureufe entremife de Mrs. le Prince de Galléan & le Comte de Couturelle, l'un Grand Maître & l'autre Chambellan actuel de S. A. S. E. P.

Ils me fauveront du naufrage ;
C'eft Caftor & Pollux pour moi.

La Cour eft une mer profonde ,
Plus turbulente encor que le refte du Monde,
Où les efprits, les cœurs font fans ceffe emportés,
    Jouets des caprices de l'onde,
    Autant que les flots agités ;
Le vent des Paffions , qui toujours s'y déchaîne,
Empêche de calmer cèt Euripe inconftant ;
Le Zéphyr y devient Aquilon dans l'inftant ;
    Un rapide courant entraîne
Sur mille écueils cachés le navire flotant.

    Mais parvenus auprès du Trône,
Par les Arts de la Paix , ou par ceux de Bellone ,
    Les Grands font des Dieux protecteurs ,
Qui du haut de l'Olympe abaiffant avec grace
    Leurs doux regards fur le Parnaffe
    S'y font de vrais Adorateurs :
    Ainfi les Enfans de la Terre,
Par leur vertu fuprême arrivés dans les Cieux,
    Vont s'affeoir auprès du Tonnerre ,
    Et pour les Mortels font des Dieux.

Viens auffi dans mon Temple , où l'aimable Inno-
    cence
Voit fumer tout l'encens, qu'allume un noble cœur,
    Sur les autels de la Reconnoiffance ,
O ! toi qui d'un Héros fûs par un trait vainqueur
    Immortalifer la puiffance :

D'un fi ferme apui de fon Roi,
Dont le bras invincible a fauvé la Patrie,
   Le nom, le fameux nom par toi,
Dans le tems qu'on l'enchaîne au fond de la Neuftrie
   A la Fortune fait la loi. *

   C'eft affez que ta voix le nomme,
Pour me concilier les fuffrages divers;
   Etre cher à tout l'Univers,
   C'eft l'appanage du Grand homme:
A ce nom, dont l'eclat refpectable partout
Dans l'ombre de l'exil femble encore s'accraître,
Un Mécène, l'arbitre & l'organe du goût,
   M'ouvre les tréfors de fon Maître;
   Dieu des Arts, pour fuffire à tout,
Avec les grands talens que ne m'as-tu fait naître?

   Vois-tu le Palatin Titus
D'un joug qui l'importune affranchir ma Minerve?
Tant de bonheur m'appelle à chanter fes vertus,
   Qui portent le feu dans ma verve:
   Quel Souverain! c'eft la Bonté,
   Qu'en lui le Ciel perfonifie;

                 Comme

* L'Auteur defigne ainfi M. le Maréchal de Broglie relégué pour lors en Normandie & dont Mr. le Baron de Bergh, Brigadier des Armées du Roi de France. employa le nom feul auprès des Miniftres de la Cour Palatine, pour obtenir à l'Auteur un accroiffement de Penfion; heureux incident fur lequel un Homme de Lettres s'arrête avec plaifir, dans une Ode faite pour illuftrer fa reconnoiffance. Après cela, que l'on dife encore que les *Lettres font des ingrats*! Horace & Virgile firent des Dieux de leurs Bienfaiteurs : Χαρις εκ Διος εϛι ..

Comme il chèrit l'humanité !
Par cèt amour fublime un Roi fe déifie
Et s'il marche en rival de la Divinité,
Le Monde heureux le juſtifie.

Prens tes pinceaux les plus flateurs,
Mufe, & peins les trais enchanteurs,
Dont brille fon auguſte Epoufe,
Qui fait de tous les Rois autant d'admirateurs;
Peins cette grande ame jaloufe,
Ainſi que fon Epoux, de régner fur les cœurs;
Rens par ton coloris tout l'eclat de leur vie;
Tu revois fur le Trône Auguſte avec Livie;
De l'outrage des tems ces tableaux font vainqueurs;
Qu'ils foient refpectés de l'Envie.

Les trois Colomnes de l'Etat,
Ces Miniſtres puiſſans, flambeaux de la prudence,
Qui foutiennent partout l'honneur du Potentat,
Et gouvernant les drois de fon indépendance
Font regner dans l'Empire une heureufe abondance,
Méritent bien que mes accens,
Autoriſés par leur munificence,
S'elévent jufqu'aux Cieux, ainſi qu'un pur encens,
Allumé par les mains de la Reconnoiſſance,
Qui doit chanter ce que je fens.

Sont-ce les talens qu'ils honorent,
Quand parle en ma faveur leur indulgent pouvoir?

H

Hélas ! le défir d'en avoir
Eft le feul en moi qu'ils décorent :
Que dis-je ? ai-je oublié que le nom d'un Héros
A couvert mon néant des rayons de fa gloire ?
Mars l'embellit encore au Temple de Mémoire,
Par d'immortels lauriers, de fa valeur éclos ;
  Dans le fein même du repos
  Il eft l'Ange de la Victoire.

  Quel nom ! pour les cœurs malheureux,
  C'eft un Dieu puiffant qu'on implore,
Et l'Exil eft l'Olympe, où la Vertu s'honore,
Abaiffant fes regards fur leur fort douloureux ;
Le bras de l'Eternel feroit-il plus pour eux,
  Au gré d'un Peuple qui l'adore ?
Tels on vit autrefois triompher en tout lieu
Des bords Iduméens les fublimes Oracles ;
  Ils n'invoquoient que le nom de leur Dieu,
  Pour faire les plus grands miracles.

Tu parles & foudain tous les cœurs font ouverts ;
Toutes les mains de fleurs couronnent la victime ;
O ! Bergh, les feux vivoient fous la cendre couverts,
Promts à fe rallumer au fouffle de l'eftime :
  Achève & par un noble effort
  Impofe aux ferpens de l'Envie,
  Dont fa mémoire eft pourfuivie ;
Hercule, tu le fais, n'eût pas un autre fort ;
  Ce fut un malheur que fa mort,
  Ce fut un éxil que fa vie.

Broglie en offre l'image avec des trais nouveaux;
Jouet infortuné de ſes heureux Rivaux,
Il s'immole aux fuccès que la Victoire enfante;
  Ce n'eſt qu'à force de travaux
  Que la Vertu ſort triomphante:
  De ce héros perfécuté,
Philoctète éternel, fers la gloire plus belle;
Il marche comme Alcide à l'Immortalité;
  Sa carriére eſt l'adverſité,
  Son apothéoſe eſt ton zèle.

  Si par leur defordre mes Vers,
Enfans tumultueux de ces tranſports divers,
Qu'inſpirent des Mortels que mon culte révère,
  Armoient contr'eux la Raiſon trop févère,
Faut-il ſur ſon Compas réformer l'Univers?
En épais tourbillons roulant de vaſtes flames,
L'impétueux Etna ſans regle eſt embraſé,
  Et loin de l'Art ſymmétriſé,
  Vers la ſphère des grandes ames,
Pindare en s'elançant s'eſt immortaliſé.

  Fuyez, méthodique Impoſture,
  Vain fantôme de la Beauté!
  Dans un ordre ſi concerté
  Reconnoîtrois-je la Nature,
  Qui n'eſt belle qu'en liberté?
Dès que dans nos fureurs le Dieu de l'Harmonie
Sur l'aîle de l'audace emporte le génie,

Laiffant ramper l'efprit dans fon humble vallon,
L'Art ne nous paroît plus qu'une ingrate manie,
   Où s'enerve notre Apollon.

   Pourquoi, volontaires efclaves,
Des caprices de l'Art nous faire des entraves,
   Et porter des fers accablans?
   Les cœurs indépendans font braves,
   Les cœurs affervis font tremblans:
   Dans la région du tonnerre,
   Planons au deffus de la terre,
Par notre vol fublime Aigles impérieux;
   Sur le Pinde, aux champs de la Guerre,
Ce n'eft que les grands cœurs qui font victorieux.

   Vous Rois, & vous Héros, ouvrez nous la barriére,
Et foutenez nos pas dans la noble carriére,
   Que nous parcourons fous vos yeux;
Aux champs Troyens Homère illuftra fon Achille,
Et les brillans Céfars, confacrés par Virgile,
   S'affirent au trône des Dieux:
Vous tenez de nos mains tous ces honneurs fuprémes;
Mais nous les partageons, à vos faveurs admis;
L'Olympe & le Parnaffe, enfantés par nous mêmes,
   Sont inféparables Amis.

   Que deviendroient tant de faits mémorables,
   Tant de traits pour vous glorieux,
   Qui rendent vos noms adorables,
Sans les rendre vainqueurs des tems injurieux,

Si dans les faftes du Parnaffe
La main d'une éloquente audace
Ne les transmettoit pas à la Poftérité?
Bientôt enfevelis dans une nuit profonde,
Ces noms qu'on voit furvivre aux ruines du Monde
N'auroient pas l'immortalité.

Mais à l'abri de votre gloire
Avec vous, il eft vrai, paffent nos noms fameux,
Et fur nous rejaillit l'eclat d'une victoire,
Que nos travaux favans éternifent comme eux,
Par les foins immortels des Filles de Mémoire:
Dieux pacifiques ou guerriers,
Parmi nos Monumens fe confondent vos Buftes,
Et l'on voit repofer fur des autels trop juftes,
A l'ombre des mêmes lauriers,
Les Horaces & les Auguftes.

Je ne me flate point de maîtrifer le fort
Ni d'atteindre à ces grandes ames,
Dont le génie ardent fait répandre des flames,
Que refpecte la faulx du Tems & de la Mort;
Mais fi quelque heureufe étincelle
De ce feu qu'Apollon prodigue à fes Enfans
Peut immortalifer votre ouvrage & mon zèle,
O! vous, mes Bienfaiteurs, qui couronnez mes ans
D'une félicité fi belle,
J'admirerai ma gloire en vos noms triomphans.

Apprenez, O! Grands de la terre,
Que tous ces Monumens élevés par vos mains,

Ces Palais, ces Tombeaux qu'admirent les humains,
Ces Marbres animés, que la Paix ou la Guerre
Confacroit aux vertus des Grecs & des Romains,
N'immortalifent pas la gloire d'un Grand homme,
Autant que, l'art divin de ces fameux Rivaux,
Ecrivains qu'a jamais l'Antiquité renomme,
      Et dont les fublimes travaux
      Eternifoient la Grèce & Rome. *

FIN DES ODES.

* L'Auteur n'a voulu donner, dans cette petite Collection, que des Odes qui préfentent de grands tableaux.   Elles font partie de celles qui compofent le Recueil des *Mufes Palatines*, annoncé par le titre, & dans le quel fe trouvent des Poéfies de toute efpéce, relatives au Palatinat. Ce Recuel formera plufieurs Volumes; fur quoi l'on a crú devoir preffentir le goût du Public connoiffeur, le feul Juge qu'il faut confulter.   Le grand mérite Littéraire confiftera toujours à bien écrire ; *hoc opus*, *hic labor eft*..   En quoi peutêtre on doit quelque indulgeuce aux Ouvrages de génie, qui ne feroient pas d'un ftyle fi parfait, comme ouvrages de goût. Sur ce principe, tout ouvrage qui n'eft pas bien écrit, quelque favant & recherché qu'il paroiffe d'ailleurs, n'appartient point à la bonne Littérature.   Mais que faut-il pour bien écrire? Un grand fonds de connoiffances & de lumiéres, avec du génie & du goût: c'eft fur quoi l'Auteur fe propofe de donner quelques Differtations, relativement à la Littérature générale.   Une réflexion bien philofophique, au fujet de ce petit Recueil d'Odes, c'eft que fi la Poéfie doit fe faire fentir au Lecteur, le Lecteur de fon côté doit fe connoître à la Poéfie.   Pour bien lire, c'eft le même principe que pour bien écrire:

  Scribendi recte fapere eft & principium & fons..

                                            Horat.

JUSTIFICATION DE L'ODE IX.

Pour juftifier l'Ode 9, & rappeller tout à la vérité de l'Hiftoire, il fuffit de dire, à l'egard des talens & des ouvrages, que tous les genres de Litterature, de Mufique, de Danfe, de Peinture, d'Execution pour la voix & l'inftrument, d'Architeture théatrale, de Sculpture, de Spetacle, &c. font parcourus avec un fuccès prodigieux à la Cour Palatine, furtout pour les talens de Théatre & de Mufique; que des enfans mêmes y font des Maîtres, & que parmi les Maîtres il s'en trouve d'admirables; il n'y a point de genre où quelqu'un n'excelle. C'eft le Violon, comme le Roi des Inftrumens, qui femble en fournir davantage, tels que les Canabicks, les Toëfchi, les Frenzels, les Vindelings &c. qui tous excellent. L'aîné des Vindelings eft un homme unique pour la Flûte & le jeune Cramer peut le devenir pour le Violon. Ainfi la Mufique eft toujours célefte, & l'Orcheftre toujours divin. Les Académies multipliées pour tous les genres de talent fourniffent un grand nombre de bons Sujets; on y tient Académie de Deffin, de Mufique, de Danfe de Génie &c.

Quant à la Littérature, elle n'eft pas encore auffi floriffante que les arts, précedens: mais elle ne tardera pas à le devenir, après l'heureux Etabliffement d'un Corps particulier de Savans & de gens de Lettres; La Littérature eft toujours plus difficile à perfectionner que le refte. M. Collini, de l'Académie Electorale Palatine, a publié quelques ouvrages Français fort eftimables, en fait d'Hiftoire, d'Eloge, de Critique &c. Mr. Medicus, auffi de l'Académie, vient de donner, en forme de Lettres, une Differtation Françaife, bien écrite & très judicieufe, au fujet de la petite Vérole; fans compter d'autres ouvrages qu'il a donnés en Allemand. M. Kremer, autre Académien, a publié dans cette langue l'hiftoire particuliére de Frederic, dit le Victorieux, Electeur Palatin; ouvrage confidérable, & fort eftimé des Connoiffeurs. L'Académie en Corps a fait imprimer une Colletion de fes divers ouvrages en Allemand, Français & Latin, travaux utiles pour le Pays que tous ces différens Traités regardent. L'Imprimerie Académique eft des plus belles & des mieux montées: elle a même un Graveur particulier, habile homme. Il vient d'en fortir un Recueil de Fables du R. P. des Billons, Jéfuite Français, en deux beaux Volumes, avec des Figures bien gravées & très bien imprimé: ce Fabulifte célébre eft un vrai la Fontaine Latin. Toutes ces productions Littéraires, mifes enfemble, avec d'autres Ouvrages du Pays qui paroiffent de tems en tems, comme Difcours, Odes, Poémes, &c. font honneur à la Littérature Palatine.

A l'egard de tous les Arts, Etabliffemens, Raretés, Manufatures &c. du Palatinat, Voyez les *Etrennes Palatines.*

ERRATA.

Pag. 31. dans la Note, aulieu de *Vittaire*, lifez, *Voltaire*.

Pag. 75. Vers 8e. aulieu de *Poétique* lifez *prophétique*.

Pag. 96. fupprimez *toi* dans la note.

www.ingramcontent.com/pod-product-compliance
Lightning Source LLC
Chambersburg PA
CBHW060832250626
47162CB00005B/2036